木风引

MU
FENG
YIN

熊筱枫 著

陕西新华出版
太白文艺出版社

图书在版编目（CIP）数据

木风引 / 熊筱枫著 . -- 西安：太白文艺出版社，
2023.4
ISBN 978-7-5513-2376-5

Ⅰ．①木… Ⅱ．①熊… Ⅲ．①诗集－中国－当代
Ⅳ．① I227

中国国家版本馆 CIP 数据核字（2023）第 061113 号

木风引
MU FENG YIN

作　　　者	熊筱枫
责 任 编 辑	张　鑫
装 帧 设 计	谢蔓玉
出 版 发 行	太白文艺出版社
经　　　销	新华书店
印　　　刷	三河市元兴印务有限公司
开　　　本	880mm×1230mm　1/32
字　　　数	110 千字
印　　　张	8.375
版　　　次	2023 年 4 月第 1 版
印　　　次	2023 年 4 月第 1 次印刷
书　　　号	ISBN 978-7-5513-2376-5
定　　　价	79.80 元

如有印装质量问题，可寄出版社印制部调换
联系电话：029-81206800
出版社地址：西安市曲江新区登高路 1388 号（邮编：710061）
营销中心电话：029-87277748　029-87217872

熊筱枫，重庆人，重庆文学院第二届签约作家。2010年出版长篇小说《玲珑》，2018年出版短篇小说集《白色向日葵》。《白色向日葵》2019年获重庆市第八届重庆文学奖。

　　《木风引》是我用诗的语言说出对生活的敬意，是我在书写小说之外的另一种表达方式。其中多用第一人称"我"在表述，而这个我不仅仅是本我，也是众生的每一个我，可以是一个人、一只鸟、一棵树、一朵云、一片雪花、一个闪念等等，也许这样书写会更有亲近感、契合感、温暖感。

　　秉承自己的诗观——我是一个拾掇者，把生活里的那些零碎，微芒，星光，细沙……都拾进我的世界里，舒缓地去构建别样的完整，塑造另一种秩序，只为更加热爱和向善。

熊筱枫

第一辑

晨钟——朝花

第一辑

晨钟——朝花

星空

对你的思念那么漫长，那么有趣
不去触碰你的端口，就不会绝望
凌驾于清晨之上的鸟鸣是我的晨浴
你放逐的翅膀，自由而善解人意

你眼里装满我们的机密
人间只是一个偌大的手术室
麻醉师负责把各种疼痛转化，分离
一片片白茫茫的梦境
无影灯下，仁者之手巧妙并繁忙
整理一团团凌乱无序的魂魄

我们都是术后患者，需要抗感染
更需要本身的免疫能力，自愈
这时你的沉寂，常常是一种神奇的安慰
让我们拥有了庆幸和遥远……

原来，星空是母亲赠予我们仰望的密码

认真的雪

我已拜倒在你的门前
我从深远而茂盛的夜里过来
不说冷，我是认真的雪

你迎接我吗？这躲不了的遇见
像躲不了一个人，用一辈子去迎接
那些辉煌的事物，也属于我们

我用圣洁拉开帷幕
以花的另一种形式招惹你
每一个我，怀抱一盏秘密的光

从高处跌落下来，我选择喜欢你
即使我们，并不能与其他虚构的情景区分
我慢慢明亮起来，挂在你的窗前

我想——给你占卜相生相克
你说，心本无形……
至于未来，我只是你的认真的雪

生日语录

夏之后，天空慢慢冷却下来
我站在秋风制造的凉意中，遗忘
那些该有的和不该有的生活细节

在初冬来临之际，还原
我们抖落纤尘，一如从前

隆冬，我将出生
以雪为媒，棱角分明的人
食烟火，食色食五味俱全

镜中，照见五湖四海的模样
然后有爱我的一些人
在后来的这一日
带着"快乐"的口头禅
向我深深祝福……

我习惯接纳它们，舍出名义里的温度
御寒，护佑，镇静
弹指一挥间……

我会像你们那样，霸占繁华
给予与生俱来的孤独，一份虚荣

而我的怀抱，依然只恭候
汪洋中那一叶——若即若离的寒舟

冬绥

安顿好秋天之后，风开始变样
硬硬的，并掺杂了过多的纤维素
拂面，走进空气
脸是痛的

我又将在这个冬里，最寒冷的一天
出生，举着粉嫩的小手——
向着世界盲目地摇晃……
用一声啼哭划破人间烟火的幕布

从一座宫殿到一个怀抱只一步之遥
我知道，各种爱里不仅仅有甜蜜
还有疼痛、伤痕、忧愁、迷茫……

你选择这个冬里，最温暖的一天
把我的小脸蛋冲着阳光，再逼近
向我解释，寒冷其实并不可怕
而紫外线，才是离不得又伤人的东西

我那一刻的微笑，成为我们的起点
你说，好吧——
我们开始平凡的生活和爱……

盐是大海的秘密

这样的清晨，盐分偏重
我的身体已习惯清淡，呼吸平稳
此刻盐的味道从八方袭击
冲我而来，像一群孩子遇见失散的母亲

父亲说过，适当的盐能让身体有力
我喜欢违背他的话，朝着反面
挤掉身体内所有的关于盐的养分
形成一个平平淡淡的我，偏软弱

面对大海，我不再对自己有敌意
扮作一种瓜类，跳进海水里肆意浸泡
力图体验一次，腌制咸菜的真实原理
并把许多的精神集中在舌尖，舔向海面……

也许我的身体会质变，更符合家常味道
盗取海里一小勺关于盐的故事
讲给我那愣头青的孩子，听听
这个世界存在着，太多的此起彼伏……

南山之巅

站在南山的一小块别样之处
可以进行一次粗犷的瞭望
和一次细致的冥想……
长江上的五座大桥奢侈地跳跃
一起挤进我单薄的眼眶，打动左心房
我用右心房去承诺，也许在某个繁星之夜
到达，依然远眺和沉思……

这里名曰：重庆抗战遗址博物馆
比邻而居的一座红房子餐馆
像青翠欲滴之后的一个红色幻境
它的神态告诉我，等你来吹风
我似懂非懂，忽然又轻车熟路
在芳菲五月的房间里穿梭，漫拍摄

两串银铃正借向南之风作响
悬挂于树下的一只小青虫
将我的手掌作为背景而成像了
那些结实的藤伸向崖边，形成真实的构造
两个小孩躺在上边，神情自若

我看见幼稚的脊背刚好对着偌大的空谷

这家餐厅出乎意料，只卖泰国菜
我的咽喉处冒出一阵阵旧日的咖喱之香
与南山上的所有深情
陷入记忆之巅

局麻

当年的剖宫产用了局部麻醉
让我的腹部独自承受一场非自然分娩
也让我失去与疼痛撕咬的争斗
远离亲密的敌人，我耿耿于怀

以后，我厌恶局部麻醉
它就像刻意的出轨
掩盖着崩裂的痛苦，却目睹着
一系列缭乱的伤口

在剥离眼部麦粒肿时
在拔取牙床的龋齿时
在抽掉脚背腱鞘积液时
我拒绝局部麻醉，让它们来
来访遍我的每一个细胞
来惊厥我的每一根神经
我用缺乏素养的尖叫
在我的记忆里留下显著的败笔

因为我是女人

凌波微步

后来，她归顺了自己
那些经年的布局，那些十二经络
收集的尘埃胀满欲望，撑破
零碎成为另一些尘埃

宇宙是一种极端——无穷大
我们是另一种极端——无穷小
这样也无妨，芸芸复芸芸
"我的心就是我的寺庙，
我的善就是我的哲学"
我的行就是我的因果

她开始亲近：喜悦，清明，安详
像当初亲近爱情——
至臻，至纯，至深远……
这一世的生活，这一世的习气

一株雪

又入冬，北方浩瀚大雪
那些非凡的白，落进人间
也是天空盛大的幻想

北方的冬，丰满且圆润
像回娘家的少妇，身体上挂满
思念，眷爱，平安喜乐

我和南方，一直用尽期盼
每一个冬，看见清瘦的冬——
时刻透露出无法躲避的赤裸

你曾经说，北方的冬和南方的冬
是大地的两张脸
一张用来看见，一张用来感受

如今，我也有了一种认为
人，是有两张脸的
一张叫面相，一张叫心相

又入冬，你从北方寄来雪的种子
今年认真去种一株雪吧
让我的南方，能够丰腴起来
吟一曲天空的幻想……

潋滟曲

一滴露珠可以是整个清晨的浪漫
有足够的爱，足够的挂念
和足够的习以为常……

那些诞生在黑夜里的觊觎或不轨
都将无处藏身，马失前蹄
我相信，这世间万生万物的原形
各自具有不可亵渎的神旨
谁来自凭空？谁来自毁灭？

初醒时，一阵饱和而朴质的鸟声
将那些日常的贪、嗔、痴
层层分解，零碎成一幕幕烟雨

他用一壶酒，解释一亩高粱的归途
她用一个回眸，追溯他们前世的缘由
我们洗耳恭听，山崖从僻静开始的故事
从盘古开天地说起，从无心插柳启齿
一念之间妙音横生，空寂如约而至

致你

你一心想赠予欢乐和热度
给我的寒体质一腔的暖意……
我看上你柔骨下的勇气，如火焰
能够重塑一个世界，那样强烈

我尽力表达自己，灌进玫瑰的心思
知道你的回答，那些深情
我想要你的，哪怕赤手空拳地击打
低垂的忧郁轻易被扬弃

我已成为一个静默的深渊
骄阳，纵容我的宽阔
如果可以倒向你，带上我全部的寒战
由你抚摸我，额头上的无数罪恶

翌晨在惺忪的目光中，摒弃梦境
让我又陷入清新之中，爱上了你……

潺潺曲

——给母亲

你说，看见一滴水的狂欢……

曾经的你把我们当作抵御生活的措辞
请忽略母亲淡忘，现在的一切
她丢了近处的记忆，回到又深又远

那里，是存放旧时光的河流
那里，重新馈赠她活生生的世界
真好，我们和母亲还在另一个团聚的场景里

我想被诚实敦促：将一些眷念坦白
比如还想做一个小姑娘，痴迷红色

还想躲着母亲，在刷牙之后偷吃一颗糖
抹一脸她的香粉，然后对着镜子说
迷人的小妖精，出来出来吧……

我想与你相似，踏实而公正地对待生活
也像你一样，去安住每一个日子

一棵树成为寂静的骨骼

他们之间一直在培养沉默
还在培养一种可供守望的距离
沉默是深度，距离是宽度

雨在夜里的屋顶上击打
力图把淹没在黑色中的物体
都转化成液体，流向迷途

两个身体因为熟悉而冷漠
也许只有神隔在他们和一片乌云之间
挽救，而灵魂造成的裂痕却无法弥补

彼此可以这么熟悉地近，又陌生地远
一对光影碰撞，没有疼痛
只留下许多暗淡的颜色，比如苍白……

啜月色

我一直认为那些液态的月色，飘逸
是银河母体溢出的一滴眼泪
流向世间，是一句缱绻的爱语
思念明日——无数的未来之光

她拿来一盏夜光杯
蓄意斟满这些莹莹的美色
可浸染
可覆盖，我们一贯的蠢蠢欲动

月下，所有温柔的影子
妄想成为它们自己坚强的主人
缺损的、盈满的，都将是意图
而已。我模仿她怀抱深渊时的从容
怀抱高山时的坦然，永远安于生活……

我和她，凭借今夜啜饮的月色
凭借余下的渴望和善……
听见我们身体里的许多声音
看见八月十五之后，初月上

杜撰

站在屋檐下，被那只透明的蜂缠着
他说是因为头脑发热……

"因为我想获得，所以不去追寻；
因为我想拥有，所以不去企求"
这是我听到的，他的肋骨摩擦声

他惯用"祈祷"，那个深藏不露的方式
那个让故事凝结的方式
真实的
往往毋须证明存在着……

他依赖寂静，内心最神秘的通道
"什么时候，我成了自己的陌生人"
我告诉他，每一个自己都附有另一个命运
犹如朴素面相下窝藏的招摇

他是一个不停追问的人，是不完整的
那些豁口张着的魅惑，发生在发生之前

那些忠诚而潮湿的雾，诞生于寅时
那些纵横交错的阴影，亢奋于子时
他说，不愿意成熟是因为怕腐烂

可也有泯灭始于青涩的……
他说，承载的小于一更好吧
可沉迷在界限之内是否会萎靡？

秋思

刚立秋，她就想着
去脱离与一些人的联系
她的内心会同意

想着即将去联络一些月光和星光
她就止不住兴奋

决定与它们，默然相守
从此时一直到绝尘而去

秋风低着眉，它来了
舍与不舍，这场叶落会如期进行

她已经知道一些箴言，也确信
比如：慧者畏因，愚者畏果

那些逡巡的影子窘迫在少许光亮中
她要把整个秋天作为呼吸的源泉
朝夕相处，又舍不得……

每一个生命都是先知的预言

我在这里，有大把的时光
一杯柔情兑蜜意的饮品，安抚平生

我对天空的激情越来越强烈
这是我对幻妙之境的眷念

那里是我的栖所，也是虚无之境
我只需要沉思，它们不计较结果的本质

我想炸裂，在母亲视力和听力都减退时
我想成为自己，一个可以是你们或他们的我

这样，我可以多支撑一阵子
让母亲不要带着右肋的刺痛离去
她的左肋已被兄长捣毁

我不再纠缠煽情的故事
我只要找到深处那道口子
小心翼翼逃脱，重新闯入幻境……

大于一

越来越讨厌镜子
它让我精通如何去在乎自己
一直以来
我想忘记自己，像忘记前尘那样
三更月下无住无相

轮到我对母亲说
听话，好好吃饭……
她是我最亲的旁人，这片土地上
曾经，她也在我这个年龄
念叨着，上有老下有小啊……

我用几粒结实的玉米招惹一只鸟
因为它可以飞走
不会因为"来"而被困住
它爱着人间之上的，天空

天空漠漠，我们为拥有所缚
正为小幸福沾沾自喜，几醉不方休
无数次的投靠，无数次的奔赴和莽撞

出于在人间，要安身更要立命

还要坐看，云卷云舒……

城市是她贪生的穴

小时候，她总在百货商店里
游弋，一天又一天
对着那些粗制的小货品
挤眉弄眼，或伸手
有时她会用带有体温的零花钱
买几个糖果，以为把全世界的甜
都可藏进身体里，不化

长大后，她在城市里做医者
有一天她在处方上写下的药名
全成了诗句
她明白，自己生病了
支原体和衣原体交替侵占她的脑细胞
她的身体变得越来越复杂
一种自由和另一种拘束
同时豢养着她

她说，城市里总有莫名其妙的哭笑
在行吟……
这里有许多否定词构成的深渊
在延宕……

一树

她只是想表达，一些有的无的
在她眼底里都能望见的

大千世界，明明暗暗
她曾经对着一棵树悲伤，为它的空

那是一棵没有实质的空心树
从未想占领这个世界的一分

无尽的怀念，那时对着它的伤感
她终归要——放心

如今她恰似一个婴儿
无人替她辩解，无人替她预言

一棵常伴童年的空洞之树
却在岁月流转中成为她的骑士

乌托邦的意外与更新

这本是一个虚构小说的名字

小时候我喜欢它们
评书、相声、京剧、黄梅戏和《小喇叭》
我对我的孩子说出时
看见此星球与彼星球，辽远的距离

如果不出意外
生活该在预设的方圆里起伏、碰撞
而我们也原谅发生的一切
那些善意、恶意、斯文、粗鲁……

我们依然和所有的存在一起度过
就像一直在我梦中的小黑狗
用沉默的身影向我声讨
当年抛弃它的那一刻的真实想法……

他们说，喜欢大雨的人敢于面对现实
我把很多的贪痴给了山色、溪流、云朵和鸟鸣

那年凌晨三点从丹霞峰赶往光明顶

只为有了黄山的日落，还要有黄山的日出

以你的名义致敬生活

我依然活在你设计的半径中
学会像一条河流
心存远方，面朝苍穹

春夏秋冬，你以父亲的名义陪伴
直到你的尽头，这一世的期许……

还是能够看见你的背影、痕迹
让我感觉前方明朗，少有迷途

我曾经是你眼中不顺从的颜色
出挑又叛逆，弄混了你的所有秩序

天空用湛蓝眷念大地的苍绿
你用山峦护佑我的平安与欢乐

你说，生活总是弥散在简单之中
一眨眼，一呼吸，或一念间

终归，你感染我的全世界……
我向万物、向长空，你向了极乐。

恍若其中

入夏以来，夜被夜莺占领
啾啾啾……表达它对生活的爱意

初晨已被劫，一群叽叽喳喳的鸟雀
那些毫不瞻前顾后的欢唱

我恍若置身于森林中，偏离闹市
也一味偏离人流

更加偏离沸腾
事实的真相，我依然混迹在城市的拳头下

幸好有了一只为活着而吆喝的夜莺
有了一群不知天高地厚的鸟雀

我用听觉感受它们，如馈赠……

这闲音

耳边滞留灌有葡萄汁的余音，盘旋
我们听到的声音不能用一种方式来解释

寂静无声的夜多么奇妙，一把椅子
也喃喃絮语，说出眷念与深情

曾经我和它一起发呆，把动静流放远方
然后，我们一起编织那些令双眼潮湿的故事

牵扯到泪水和初夏的雷声，它记住所有
却把我忘记在零摄氏度的冬夜里

而一些含着微笑的闲音又感动我
让顽固的敏感体质微微迟钝，片刻之间

我只用最初的笑意接纳这种声音
世间果真有不可阐述的情调

一点点明亮的响动就贯穿整个，接着
我们将采集各种不同的细节，以防万一

母爱·造物集

"屋檐滴着雨，寂寞声如是。"
我是她的孩子，她说
因为我在而多福……
这是世上最柔软和平缓的关系

她是我毕生的灿烂之光
孤独的心一直有陪伴的亮
即使我闭上眼，粗暴拒绝
依旧照。无论是逃开
或者以我的名义去伤害，
依旧爱。

竟的确如此，我从未停止过索取
那些细腻的呼吸，真实的倚靠
和一贯的任性、娇嗔……
她给了我最多支取的密码
所以，我应该知足
像落入蜜罐里的甜虫
舒缓地醒来，又飞

又上升，又降落

心里一直充满甜蜜的激荡
我们要相互支撑，很久……

晓起

彼此彼此
昼已长，我看见的越来越多
说得越来越少
这世界从来不缺花样
你有你的八面玲珑，我有我的墨守成规
天拘泥在空无一人的蓝里
没想过要自拔

此处彼处
有时，我们轻信着千疮百孔的谎言
又怀疑着独一无二的真理
有时，我们一边高踞山峦
一边也深眷最低的幽谷
或许，我们能幸存于世
倚仗的就是这些不伦不类之道

非此即彼
当我们选择宽仁的角度去服从
体内一个胚胎或一株嫩芽
峥峥破壁，栩栩而生

那些自然而然的湖光山色
就成为你与我的切切真情
万物静穆，我又晓起……

第二辑

暮鼓——夕拾

嫩枝上有鸟留下的一个盹

我盯着一只小鸟，它与我平视
看见它从枝头到枝头，来回雀跃
看见我呆坐在一把椅子上，越来越僵直

它觉得我无趣，长长鸣一声
不留情面飞离，树枝微微晃动
我为将与一棵树凝视，顿生心虚

嫩枝上有那只鸟留下的一个盹
我惊悚自己的无聊，最苍白的恐怖片
眼睁睁看到一粒尘埃压住另一粒尘埃
它们从落寞变得更加落寞

那些被储备下来的沉静震慑我……
母亲在养老院，儿子在学校，丈夫在办公室
我在家里最大的那扇玻璃窗下
与一只无名小鸟争一根枝丫的属于

我探出手臂，摇碎它故意留的那个盹
并且让尘埃打扰整个世界……

她咏

一池浮萍
半生时光

她藏身于一朵朱槿花里，与蕊同甘
那些柔骨和深情
寄放在一滴滴清露中，晨光熹微处
莹莹闪烁

她思念那只记忆里的蛙
那口井，那禅坐
千百年的误解，它已不屑争辩
当初的她，也往低处看了它

同样，也不屑挣扎
谁在嬉闹，谁在寂静，谁在中庸
她，花，蛙
一方水土，万象人间

思念始于寂寞辽阔那一刻

让我告诉你吧
其实生活离平淡无奇很遥远
无数的暗黑和磨难藏身在
衣柜里、窗台边或一堆旧书中

所谓的信念又是那么不堪一击
让我重新为你解释
洁癖，就是不停地洗那些看不见的污渍
却止步爱怜尘土的症状

你让我确信，没有任何可以分离的个体
天体之下的存在就是互助互通
飞鸟与白云，绿树与花朵
它们不会传递痛苦、瓦解、怨憎、囹圄

要让你再次学会，我的孩子
在越来越辽阔的寂寞里思念整个世界

月上眉梢

呢喃时，月亮打量着我
彼此，任由抵达
她的心意——圆满
羞愧。我的缺憾之身何以载？
——何以报？

我想，父亲已在天上
与月为邻，有净土般的目光
当年，他仅留下"小幸运"这个东西
未懂，那抹最后的养育之恩

……
我只是他们的一草一木，或尖叫
这些温暖，这些照拂
想让我尽快和这个世界熟悉起来
——由里及外

月光，已上眉梢
等一等，我将被唤醒……
黎明前，就放下

风也一起被暖和

秋，夜凉如水
枝叶往深黄里去

我们的那些心事
世世代代一个模样
比如，孩子成长中的无限牵挂
一场雨可以浇老一个人

自己饮就东风，又赴西风……
不言欢，也不说愁
日子好端端的
朝向远处唏嘘伤怀

浅光里，风被一起暖和着
生活既清透也活泼

岁月在青黄相蚀的落叶间

她更相信，尘世最高的幸福
也难免隐匿着百无聊赖的卑微
而一切内心的痛苦
本质上都藏有一种神秘的寓意

她充满疑问的胸膛温暖起伏
对于生的认识，既有欢喜也有苍凉
就像面对皑皑白雪时，热泪盈眶

那些停靠在她的心头之爱，委婉而寂寞
这世界流行物极必反的逻辑

她在回忆里碰见太多的软肋和未愈之伤
像钉在胸襟上的一排排纽扣
等着迎合那些深不可测的扣洞
在青黄相蚀的落叶间，无助地感伤……

火星星在我的脊背上跳跃

我们每一个人心里都住着一个绝境
它与灵魂凝视，
如深谷与山峰互为彼此

我从来就相信，天空的蓝色
和大地之绿一定存在某种密切关系
那是非尘世的美，无法直观

其实我们从未见过真正的匀称
比如东边和西边，一贯表现出不对等
于是懂得了悲伤，快乐；恐惧，轻视……

一个大孩子竟然这样告诉我
所有物质和精神的存在
都是天地吐出的容纳之物

栖秋剧

中秋靠近，夜间还有蛐蛐叫
窗台上已经搁了许多声音
长的短的高的低的，重重叠叠

那些从半空中摔下来的黄叶
被我养的猫，像拾起旧时光一样
它与它的嬉戏，风也吹草也动
日头下，所谓的欲隐欲开悉数被破译

角落里，蛐蛐的叫声愈发响亮
我只能占领一小块坚硬的水泥地
透过林立在缄默中的串串高屋
乞讨一片云身，一点星影……

俯身或仰头，作为我最虔诚的恭送方式
对一些荒在我怀里的岁月
我祝愿它们化为有翅膀的歌，飞走

我的烟火我的模样

谁为谁破晓?
多少的低吟浅唱在凝集
烟火深处掩藏着万众之谜
越陷越深,那收容我们的大地核心

谁为谁而来? 谁为谁而去?
我们那么轻易犯桃花,犯剑走偏锋
又在犀利换算,风雨中的斤两
力图从一杆秤上找到,归宿和平衡

我们都在为自己装上壳
把单一的身体和繁杂的内心紧匝包拢
偶尔裂出的缝隙,如萤火虫之光
插入尘屑中……

我的烟火描绘出我的模样
你在我的对岸端详,这个闪烁的世界
广阔的人间,无限的聚散
莫过于能够抵达——美好与静笃

银雪

上天授意，落下
那些狂热的苍茫，遮掩
无数的存在。

银雪，我赤足时
它像一群多事的小野兽
以奔腾之势
企图留下雪白脚印，万万千千
肆意垄断
我的多事之秋

我信赖银雪，因为它
单纯的体温，或盲目的决心

而它对我唯一的伤害
是逼迫我迷信
所谓的被爱，不过是
漫无目的，果断包容……

素白，也让人感到荒凉！

终归，我的生命在编织她的梦

如果可以，我应该像她一样生活
……并且有形

她爱遍我的弱点
包括我一岁时的哮喘
重金属一般沉寂在她多年的忧虑里
那些白发和皱纹，是她美丽的逗号
赠给日子里的苍穹

我竟然羞于——像她当年那样亲热我
以及拥抱我的心情
在无数次准备的深情回忆中
我畏缩在瘦削的月光下，袒护自己的怯。

"请相信我，你不至于大面积茫然不知所措。"
她告诉我的话，永远在

当我第一次目睹凸形与凹形，那是爱
是我与她、与大地默契的诤言
可我问过她：如果一旦确信

是不是才能心怀坦荡

她笑而不答，只用母亲的眼神

继续把我引向上善……

终归，我的生命在编织她的梦

风惹了秋尘

当真我们一无所有时
不妨仰仗诚实，向世界的核心刺去
至少能够感动一颗星辰
赐予我们一盏明亮的天灯……

此时秋意起，红尘慢
风成为神秘主义者
我们还不知那些故事的形态
它却展示出一个个结局

有时，我们是物质
在唯一的时间里机械般变质
有时，我们是非物质
在无端的空间里虚幻般永恒

阳光和雨水同种类
它们都是万物挺拔的成分
又提到风，它成了染色剂
整整一个秋，黄澄澄的
一种被爱的感觉……

满世界，踽踽独行的告白者

这种幼稚的幸福啊

也许，浪漫有了引申义

苍天之下，风把岁月吹进我们的灵魂

时间是上苍留给人类的工具

我已经很憎恶"速度"作为动词时
那诡谲的表情，那是奇怪的游戏
让人类变形而扭曲……

放大局部和细节吧，昂然而入
"无数青山水拍天"
慢镜头下万生万物瑰丽，有序

时光会选择在实实在在的物体上
驻足停留，蔓延，凝固
可以让一杯清茶富裕、慷慨和从容

时间是上苍留给我们的工具
可以制造卵石、海水、星云、斑斓
那些欢腾的生命愉悦在时间缝隙中……

我们只需要寻觅到缓慢，安然前行

一枕新凉一扇风

又起风了……
那些落叶翻滚着身板
每一个春秋
或在意或粗略，或忽然放下

真羡慕孩子们
总是用吼叫与每一个季节对峙
湿漉漉的发梢挂满乳臭未干
一头扎进梦想，和无尽的奔跑

我们仿佛适应了岁月的长度
相互撕扯，相互说服而安静下来
如果有伤口，宁愿再痛一痛
如果只有沉默，就与繁星为伍

天下秋事重提
如果还能爱，请用手书写一封信
然后开始……

白色，因为最叛逆

云的底线应该是雨吧？
如果雨形成，那就永别
白色的云总是这么顽劣和叛逆
让思念从此湮灭……

秋将至，这个内涵丰富的女子
仅仅看叶落，就知了天下情事
所有等待，因为衔接惊喜的骗局
往往末尾却落败进茫茫空白

而荒梦里的净土是纯白色，未染
一丝情感，当我用清洁的双足踩上去
依然暴露了我的重重污点……
多么可喜，一个人的叛逆终于胆怯

忧郁疏离感，它会在眼里谋生
那是白色之道，从顺从到叛逆，没有距离
我站立的时候就开始喜欢，
它故意让一无所有的面孔朝向我……

世间因此苍茫而寂静了

那些蜂拥而上的日子

你是我在人间最遥远的爱人

那天，你来到我这里
这是我们最近的距离和最窄的宽度
说谎的是我，
我没在这里，在你的远方

更多的日子我在人与人之间寻找
是否"有你"？
有让我执迷不悟的你？
觉醒有时像一场血腥的斩首
暴露的是谎言……

一直庆幸，用谎言勾勒的遗憾
也许是一生铭记的疼痛
也许是未被扣上背叛之名的枷锁
也许是永恒的遥不可及

正好，我与这一世签订的契约是
遗忘！

缓慢而澹泞

夏，盈盈一捧
真诚的热潮湿了掌心
昨夜急急赶来的若干声音
今早刚好用来破晓

乌云作为天气的坏情绪
却被清亮的星星一阵嘲笑
永远别想骗了人间
他们的心思堪称无穷的沧海

入夜，闲人以阅读供养
喜闻蛐蛐，能在烦躁的空调声中胜出
朋友圈今夜盛产繁华与苍凉
一缕清风，一个自我

河岸有时在思念一条河
——怀念吾父

"这不该是错误，一声叹息没有后果
只是把你的生命减少一秒"
三十二岁我才懂你，父亲

痛哭的河流带着自己的灵魂在飘零
没有岸，也没有灯火
黑夜给了大风大雨权力
肆意挥洒疯狂

当我不知如何是好的时候
你不再说什么，只是一直在
用黑暗里的光和我对白
于是天亮了，一片苍蓝与碧绿
我背对阴影就能看见你，我的父亲
活在一条河流里，向西……

母子小调

我百般讨好一粒种子
给它好吃好喝
还挡风挡雨

它破土而出时
一群捉弄人的风
轻易就撩乱它的身形

我想告诉它
砾石堆里那株被嫌弃的麦苗
在凛冽的风中吟唱……

落叶

我蹲下，与落叶为伍
大地还在承受飘零
这些群聚的落黄
直直摊开手掌，放弃一切
也坦白所有

我窃听到一个声音：
比羽毛轻；似婴儿的稚净
比石头重，似老人的安详
它们是宿命论的终结者
是悬崖绝壁上的箴言
是人和万生之物的先知

我站起来的时候
风把落叶往前或往后
又送去一程……

微言

又是春水长流时
万物静穆

我们不再为拥有破碎而破碎
放弃心中眷宠的恒久完美

野草一株
依然迎面相撞每一缕阳光

若心无挂碍
又何惧近邻恐惧

零度疏离

我们从未陌生
我们只是莫名其妙地疏离
像两团火焰燃烧时纠缠在一起
灰烬呈现两份冷

我们无法彼此相拥或体恤
怀里失去莽撞的体温
眼窝里留不住透彻的神情

我们习惯这样打量对方
像一粒尘埃宽慰另一粒尘埃
那么自然而淡漠

有种永恒
就是从无始到无尽的长度

生命的复式

时间可以自今而昔
从一片落叶到达一棵树
从一棵树到达一片森林
从一片森林到达一个原始
从一个原始到达一片虚无

而涟漪就是水的修行
你就是我的修行，我的孩子

而承受和感动一样，都是人的修养
都是我们惯养信念的动机

放弃见到你
因为我相信，只要有眷念
就能说明我缺席的原因
你就能不怨不嗔

而我遇见的一切美，都是为了某一天的绝色
像宇宙容纳那么多的物质
只为了最后无垠的凉荒

最后，我会在影子里找出年轻
找出直立的趋势和行走的旨意
因为有证据，有隐喻
不会像我的命运一样，总是偏离

我把你和远方一起来爱

我醒来
是因为夜放过了我

那个傍晚，惊吓到山水
云红成霞，静静，呆呆

后来我相信这个世界有第三者
夜里，就从我的腹部来

天空一等再等，最终由命运决定
风已无可奈何，摇摇头

火焰带回远方和你
灰烬在整齐干净的黑夜里沉睡

一千遍诵读以后……
亲爱的你；亲爱的远方

请问：深爱的眼眸如何培育
陌生，以及陌生的意境？

弄清影

小虫们吵吵嚷嚷醒来
睁着眼、闭着眼要温暖
鸟儿的叫声更清脆，似乎有远谋
是否我们也该放下近忧？

惊蛰，是一个破折号
宜弄清影，扬灿烂，退愠色
忌纠缠，忌混沌
我们安顿的是心，求和的是事

仲春又蚕立，眼前
这不该沉默的季节里
早起，染清露
晚归，惹红尘

我们徜徉在痴迷与觉悟之间
耗尽每一个活泼的细胞
离开时，无限轻盈
只需一个闪念，即挥别
余愿，一岁一风华

行微醺

这是安顿的一种形态
由着自己来或去，
不缭乱、不彻底
仿佛对自我的欲擒故纵

我们会选择一些时机
把适度的暧昧还回内心
从凝固到熔解
文火，微醺，素淡，浅拂

所有的妄图都可以在一念间
洇开，遁入恣肆中
那是我们成全生的手段
而让风行，云漫，岁月缓

万众苍生
匍匐在各自的禀性中
遥遥凝望……
拭目，我们终归
投奔深情

憩息

今天，是初一
不遇晴空
我把一滴珍藏多年的水珠
放进大河里

我不叫这个为"舍"
也不认为大河是"得"
我们只是共起一念：
"情与无情，同圆种智"
云栖风行，随缘化变……

第三辑

且听——静待

图

灵魂也该有性别
或男，或女
如花瓣，若飘零
必有凄凉的美
若有生的藤
必有圆润的气象

我的灵魂是女性
代表自由
注定我的世界充满爱，和
一些歇斯底里……

巧合

我在黑夜里生
是沉默和自己的巧合

我在白昼里活
是喧哗和众生的巧合

同时，我们放过往事
旧了有旧了的味
破了有破了的情

唯独，不会放过你的背影
那里，托付着我的远方……

这个世界是伶仃的聚集地

有朝一日，我们醉如南山的樱花
花色似血，奔海而去……

我目送云山上的飞行与欲望
目送春秋里暗藏的忧伤
我泊在此处，只为别离

每一个生命都是收获的载体
每一次潜意识都是灵魂的发声
每一番苦痛都是觉悟的端头

而甘于平庸也是一种境界
这世上，我还有两物可以玩
文字、孤独

亦空

沿着你的一条蓝色小静脉，
吻下去
这是我在凌晨一点决定的线路
沿着它
会有宽阔的海域
沿着它
会巧遇一场风雪交加
沿着它
会让灵巧的唇上挂满欢笑
沿着它——

七个小时以后
我更像一处断崖
不知所措地掉入你的
关于蓝色和甜美的意图

吟唱：奥伯曼山谷

我要赤足前往，那个
等候着的痴情远方
这吞下自己数年的身体啊！

是载了被雨浸湿的鸟声
和一簇青草前行
当然，我会歇歇走走
或者跳满李斯特的一个个音阶
只惊喜自己

我习惯规则，也习惯自由
偏爱随心所欲，也偏爱安分守己
没有学会为他人准备
哪怕一个惊喜

就说我是刃，宽宽的仅剩迟钝
只配上自己的鞘
朝向我的风景……

一路唱吟，奥伯曼山谷

"我需要什么？"
从来没有离弃我

真理 · 伞 · 原则

当我们质疑真理时
真理也会颤抖
世间每一种存在
都是相生相克的本质

我们具备社会功能
更多时候，像伞
雨天撑开，迎接天空水滴
晴天绽放，阳光普照
喜欢它收拢时，
一副安好的样子

我们守住原则
是为了那些广阔的自由
心，可以随心
欲，不能纵欲

吻秋戏

等我把日月星辰翻译过来
等我学会一些彼此的人际关系
等我再算好几笔账
不急，天地始肃。

你是沉睡三季后的苏醒
你是一个由空白诞生的赤子
你是我们无限循环里的无限呼吸

那些即将降落的果实，水滴，遐想
那些轻启的唇
那些若有若无的期冀
都只为迎接你，返回

像我的一片土地，一片海洋
像我的容器
像我的从高处熟落的五谷
像我的爱，无相无踪

坐进你的琼汁里，数日数月
立秋得馨。

秋天以前

——纪念兄长

那是以后的广阔雪地，好久以后
我们不再用兄妹的称呼
我讨厌听到你说，世上所有的坏
你都经历过

总是想秋天以前的，所有的好
你沉着脸送给我，拿去吧！
大地一片干净，吹散的
是两棵树的各种永别……
我们不曾以兄妹之名相识吗？

我开始怀念，血液里我们那些相似的基因

叮咛

孩子，我仅剩下体温供你取暖
我还是担心你的背影会颤抖
因为星光璀璨，人生如寄
而我的认知与生活经验不再是
你长途旅行的口粮

孩子，取下我的那些零碎叮嘱吧
包袱越轻你就越容易去爱
去造自己的世界

偶尔，我坐进旧时光
搂搂你的童年
或也咬牙嫌弃你一两回

我的孩子，你是我的血脉
我们只是交换了一下眼神
那些记忆里的东西
一眨眼被你一米八六的身影压碎

以后，我是一个拾穗之人

夜书

没有谁告诉她
关于这一个夜的长度
形式上，她是彻底摆脱
那些陈旧的阴影

她似乎面临最深的静寂
目视深渊与苍茫正撕咬
从结局开始，
从未来开始，
从没有澄清的黑色开始

事实上，她无法绕开一场对白

她在悠久的暗涌中，说
快乐何尝是快乐
烦恼何曾是烦恼
所有一切只为星辉一生

而月光，
只是黑夜的一个简约说明

落花有灵

花，止于青春期
比火焰更有说服力
自始至终，对生命的渲染

它们还活着
在盘旋下降的时光里
穿上嫁衣，与泥土成婚

这个自恃的世界
如何对待一朵有灵的生命？
正是我们的心声

春天来了
风像乳汁一样甜蜜
花吮吸成长……

不了歌

我愿把余生断送在它手里

关于虚度这个词
已经无可奈何，以后
我还要饲养，娇惯，憎恨它
从收养开始，就没打算放弃

我眷顾着许多习性
比如春起，看窗外绿萝旁
两只蝴蝶栩栩纠缠一种关系
比如秋末，把一壶热茶喝凉
看风卷走落叶，
给所有的希望留下一席余地

他们说，沉没需要成本
就像世上的苦衷都有寄主

从无到有，从有到无
浮生漫漫……
只因自身的重，我会
在不断的沉沦中引体向上

今天，是想念或爱

你在我的远方
无论是想念还是爱
春天就在那里
粉色康乃馨的季节
允许玫瑰的颜色
一直热烈

不够的都从远方来吧
想想，我该每个夜晚醒来
娇羞满面
或许黑暗里没有距离
或许闭上双眼能快一点
或许柔滑的光正是我的远方……

途

小时候
我能用一双手捧活一盏烛火
那些咝咝的风，
败在我的小手掌下

现在
一杯午后的咖啡就能破坏
我的一宿安睡
这些脆弱
来自那些浩瀚的成长

不与梨花同梦

那样可好？
驾着车在拥堵的城市里独行
这种缓慢让人倦怠

看见路牌上写着"打铜街"
一阵清心，一缕旧欢
我知道，属于我在这个城市里的理由
就是儿时灌注于我身体的那些
老地方，未变的名

那样就好
从十八梯徒步走下去的轻快
从望龙门肆意张望的徒然
从上新街的长江索道过河
从眼前，繁华一片一片

那样更好
今冬，又与梅香共度……

真水

她稳稳坐进轻轨 3 号线
偷偷乐，自己的眼疾腿脚快
密匝匝一群人簇拥在眉头前
她觉得，自己是从一片丛林
陷入另一片丛林
满身爬满细密的汗

生活，一直在急速流动
源头已远，尽头苍茫

她会面向朝阳，从车窗望出
蓝天下的万丈红尘
有春风马蹄，有玉树葱茏
那些迫不及待的城市呓语
只是一出出戏言
可以忽略，可以视同覆水
不收不留，只路过

她想，
生活是一趟单程的 3 号线
轻轨一般的日子……

又焕然

人空，茶凉，月瘦

如果逆行能遇见你
我愿意
放弃前面未见的光，以及
光里寂寞的核

日栖，花茫，神定

倘若江河心事重重
大海愿意
耗费它的澎湃和宽仁
只为流水潺潺

那些零碎如火星星

很多空洞感里充满恐慌
迅速或缓慢，还有无声的呐喊
我体验过……
那些动静就像一节车厢和另一节车厢
连接处，在奔跑的铁轨上
晃动着不可思议的匆忙

路途早已开始
从余晖的硕大阴影里
我们发现，脚印和众多的踟蹰
生活蠕动起无序的波澜
闯入睡眠，操纵梦境

我和你唯一的不同
就是笑容
一方生活养一方笑意
也许你开怀的时候
正是我谦卑收纳一个季节里
那些消沉与落魄

这些是苍天的气息

大雪过后，那些
鲜黄，旧红，还有远山的老绿
沉沉掉进隆冬
也许所有的色彩即将被糅入
荒诞的白色中

没有谁能用声音呵斥
一辆轻松的特快列车
城市已被十条横纵的轨迹布局
除了寂静，我们都会被湮没

嘹亮的鸟声划破寒空
倔强的风弄出一撮小忧愁
所有的一切，虚虚实实
都是苍天的气息……

我们必须穿梭，如使者
学会一种美德，
鉴赏万千

茶

正如茶不是低等饮品
它是轻抚岁月的流质

它具备一种能力，
与人心交织爱和万般

天空之下，
一座城，一盏茶
一个与世界亲密的理由

能静驻在云水里的你
必有莲心

恩赐

这是一饮，一席，一场
风起时，我想起天气预报
说，有雷阵雨！

我们沦陷的众多觉醒
都在盼电闪雷鸣
那些轰动的，来自天意
无垠的响亮

雷电只在天气预报里
不再满足，我们

所谓的顺应本心
如目睹青青的丛林
摇落一个个春秋
最后展望未来……

冬吟调

这是一件关于冬日的事
浓密的灰色
停留在毅然要表白的枯叶上
一切变得明朗
也变得可以理喻

于情于理我们都不能反抗
当大面积落叶
将成泥
我们选择相信和谐之美
相信自然之境

终于，我们止住哀伤
那些虚妄的入侵
溢散在漫无的边陲中
我们必将永恒
成为彼岸之草木……

无稽

阳光有些清冷地挂在窗棂上
今天又来到
像极了我的昨日
或更远的日子

多出的那些麻雀
是冒犯黑夜的产物
其余的都是延续
与我的呼吸一样平常

许多倦怠的眼神在追随那些
难以布控的聚光……
没有谁，愿意说出口
世间，只有飘零之物……

云之白

从门的侧缝里望出去
我看见一片局限
被云扔下的天空
像人间最富诗意的表情

我平躺下，让视线垂直
想测这片天的宽度
想看那簇溜走的云
是否依然醇厚？

它丢失的白，如此沉重
清尘难负！

一点滇

这里也有薄雾，浓云
有和我一样的小情绪
为一些遇见，准备

我无须渴望永昼
那些缜密的黑，如锋芒
向着我们疼爱
以星光熠熠的方式

即使世间有"青丘"
有所谓的——在劫难逃
我依然把红尘看得
可轻可重

生活与其他

我总会醒于梦中
望着它们远去的背影
正是生活迎面而来之时
庆幸没有随梦去……

我以沉浸的方式
在庸常的生活中，笑问
那么多的妙趣
像石缝里横生的花草
被挤压过的色彩
往往更韧，更娇媚

二十四小时间
我图梦，也图生活

无极

很多时间里
我在盲目，简单积极解释
一类相互缠绕的问题
只有生活的味道
没有其他，诸如理解一首诗
需要一份睿智

某一天，一定要满头白发
他们看起来苍凉而痴迷
不像一个老者的态度
堆满傻笑
用少女的执拗
唠叨旧时光里那些青春

沉沦

只是，这些喧嚣
把我刺得遍体鳞伤

我必须以沉沦自救
如一艘超负荷的船舶，沉重
与深渊为伍

当众生争抢向上盛放时
我执意，如一枚核一般
收敛成形
向着泥土的腹部驶去
长生，或永迷茫。

云上闲

生活苍凉如水
我要敬生活一丈

远处的风声一直在
靠近，我的耳畔
凉凉的私语
咬住我的摇曳身姿
那些奔跑，营造，提携……
都将被碾碎和风化

一堆尘土和另一堆尘土的对垒
最后成为更大一堆尘土
世间所有存在的归结
一层土覆盖一抹泥而已

这世界终将会流转出
一场场荒诞的美丽
让我们巧遇
而后是殆尽的乳色……

第四辑

风吟——花开

完夏

致礼，夏

早上七时半，雨声瞬起
不许自己有怨怼
平静听雨，早餐就要结束
快出门时我扬起心思
希望雨停……

已无所谓晴朗、阴雨或雾色
头上的天空由不得我们
就像许多荒谬的发生
没有预警，也无须防备
也可以恍若梦境

我喜欢这样的夏至
清寂的一场雨
蓦然来，自然去……

轻量化

我们要轻如飞鸟，而羽毛本身之重
我们要轻如月光，而云霞本身之重

而我们，差一点就不成为人
那一个小灵魂刚在宇宙的大智慧中
找到自己的位置
轻轻放下曾在肉体里养成的一切

她会像玫瑰一样苏醒
在一朵花萼中缓缓饮下清晨的光

远处的山峦，发出清脆的声音
梦，成群结队地疏远
她将不被缠绕，即使面前是蜘蛛网
一个多情的世界打开

她没有心事，只有脚下的风
陪着她躲过一些粘连和战栗
我们正是她的影像，来自一个侧面
双手高举，引向长空

众妙之门

看见小儿和一堆河沙纠缠
清清楚楚的快乐
我陷进去，那些无畏的童趣
扩散出来的纯度
准确控制住我

成年之后，围着一堆堆物质
消耗大量气血
越来越像一个自由落体
有坠落、有恐惧
无知无觉……
月光乍凉，星光饮泣

总有一些挥之不去的薄暖，慈济我们
童趣原来是众妙之门！

明前

越过一座山就到达
不远，也不近
告诉那些背着包袱赶路的人
一定要歇歇
喝口山泉以及水中的倒影
饮进
这个世间的真相和美

明前，繁茂的绿
长出翅膀飞往我们
携带过往的残余渗入今生
第六感的波纹在记录
每一个幸福的人
身后应该是更多的约束和慎

雨也是孕育的后果

一群雨滴飞奔而下，朝着我
我以为这样的拥有会很久
转眼，它们扬长而去
只为坠入大地时的欢

我理解，正如他们
总在一种荣光中蜂拥而至
随即又荒唐散去
那种雨后的空寂与匿迹

论今日

忽然一阵暖
元宵节如约而至，似佳人
不在何处，只在归途
我准备一切前提
比如清明、端午、中秋、除夕
等待你来圆满

忽然一种蓄意
灯火高悬，从天涯开始
初一的落花，十五的流水
我们，被一群星记载
今日天意，仅供快乐
一盏明亮一炷心香

幼稚会伴随多情的人生

昨日，我一直在练习发音
幼稚可笑的标准普通话
敲着我四十来年的骨头
一磕一绊，我发出的声音

有人告诉我，明天或后天晌午有个发言
需要我上台。数百双耳朵会为我竖起来？
我信。我该如何是好？
有些词的发音会绊倒我的舌头
有些字会戏剧化地躲起来
让我茫然不知所措……

我今天一直缄默，抛开发音练习
等着后面那些不惑的日子
但愿能捕捉一些做人的逻辑
靠思维，闭上嘴

光合作用

你我的孤傲不值一提
我们都是人间烟火滋养的皮囊
灵魂是执迷不悟的翅膀
偶尔抖擞一下
偶尔闪亮
我们的生活才有点不一样

那些陌生的黑暗尾随在我们身后
我们从藤蔓的无数次绞杀中脱身
没有工夫齿寒或拥抱
到处亮着尘埃的光，只为
迎接救赎……

弥补

父亲走后
那些来自父系氏族的拷问
一直攀援我的绝壁
我的绝壁，关于繁衍的轻度罪
比如下一代对上一代的不敬之处
许多的冷颜色
都是不可宽恕，不可分割的失误

父亲走后
我内心深处的空越来越多
像另一个世界
我想送许多的春天给那片天
我的弥补，关于数罪
而更多的时候我还是在庸常地生活

链

一株草能救一个肉体
一个肉体能救一个灵魂
一个灵魂能救宇宙中一盏如豆灯火
一盏如豆灯火能照亮一株草的生命

添爱

初醒，清淡的寂寞絮絮叨叨
这些没什么
只要我想着已被爱着
其他的可以不重要
现在，我伸手摘下一束晨光
开始让今天发亮

当你为我解释这个世界时
星星正用落花的形式
变成蝴蝶，我想
一切的美好都会繁殖
像子子孙孙，无穷无尽

天刚刚亮
所有的用意都精神抖擞
或明目张胆
我只需要你的一双眼
注视我

借过

我追问 2020 方向

冬意是什么？

说，你正受

春意是什么？

说，你将受

秋意是什么？

说，你已受

我听见一只充满暑气的蝉

落在桑树上，聒噪地聊着那些夏事

T3 航道

她近距离认为
头顶上有一个飞机场，落下
起飞只需三秒
她还认为，是天上出了问题

他不这样看，明确说出
地面上惹的麻烦
何必埋怨空荡的天
他还说明，人做的种种事实

她想想，执意要阔绰的天
解解溯源……
那些声音怎么在昼夜之间
变成洪水，俯冲直下？

程咬金的三板斧

最后
我们都将拥有权利
把灵魂安置在崖边
再度成为飘零的守望者

开始
我们只拥有啼哭
当干净的乳牙咬破第一枚浆果
那笑里藏着单纯的渴望

其中
我们劳碌奔波
只为远方那些莫名的怂恿者

惋惜

你说
如果种一朵云到土里
它一定能长成参天大树
我说
它不愿意

我和儿子不约而同——
惋惜

了无余悸

你迎着风，款款深情
袭来，我怦然心动
和裂开的声音，
摧毁一座凡人的城

你无须任何歉意
我为变成你的鱼肉、你的饮品
求之不得！
云很痴，种在天空里
从来不过问前生、后世
不在乎何去何从
只为把今生留给横无际涯
留给始料不及

若无月，即相安

一个糊涂的女人背后都有一个不错的男人

今夜，农历八月十五
月亮融化在一场雨水中
我们的旧事、新事
可以对着一盏灯，一面墙或一张空床
说，那些亏亏欠欠

我们总喜欢指望来年
喜欢耗掉大量时光，然后
在漫天要价的生活中
苟且偷安……

我知道，一个自闭症患者
他把月圆当作笑话
把月缺当作精神
把输和赢当作沉默里的两个"隐约"
一个叫无所谓
另一个叫忘忧草

一本正经

起风时，风铃最幸运
得到生命渴望的声响和旁白

从来，我没有办法
用一种巧妙打开先知

风止，风铃沉入山谷一样
像老人一样熟视命运
静静等候
那些预感的结局

欲所知

真实和谎言都是心碎之物

它们有时会忧伤而迷人

让更多人信奉

喜爱、拥抱或颂扬

逞一时之欢，忘却素质

我只和我的灵魂朝夕相处

离它们的距离

刚好能容纳一片青天

刚好供我读闲书，喝淡茶

摆弄一些新新旧旧的小心情

真实的也罢

谎称的也罢

云下自有许多寻常的简约

一张一弛……

月如钩，归意正浓

我就是那颗鱼目
很久以前，被人认出
不是珍珠

是谁把我扔进珍贵的群体里？
我独自承受千古骂名
鱼目混珠，罪不在我

等我回来的是素日
和一些漫长的矫正手术
我与所有的历史被割断
失去水里的视野……

月如钩，归意正浓
鱼目，束手无策

所有的遥远与触手可及

它们可以

井水犯河水

它们也可以，冰破

泛滥成灾

它们是两股洪流

彼此熟识

彼此互为掎角

寂寞很近，相知甚远

每一次离别中

藏着无数扑朔迷离的阴影

每一张安生的脸

生就一双忐忑之眼

它们总有一厢情愿的时候

击手同谋……

遇月光时我欲化蝶

大象凭它是大象
我凭我是我
走进苍茫大地

灵犀相通的两种颜色
从来不掺和
染成各自的天空
与万物共舞

我不必忧虑
一切积攒随风
正如他日
遇月光时我欲化蝶

情况

你呼唤我，秋天刚醒
落叶开始循迹
我们走过的玫瑰小径

如果风大一些
我们会说，出发
你就能从蜜糖中尝到
我的味道

川河盖

一

川河盖，一座 1300 米高的城池
今夜，请交与我驻守吧！

我要在夜的深处，窃取寂静
放进昼的中心，去制伏喧哗

其实有许多人已不会分辨
寂静与喧哗，谁是谁非？

二

这里的清晨，能滋生渴望
比如想和一颗露珠偶遇

一颗露珠就能制止人心的繁复纠结
走进它的核心位置

就能贴近天堂般的瑰丽
一些自如的飞沫，感染到呼吸

三

爱情草场，一群露珠昂起晶莹的头
我怯场了，缩回伸出的一双手

昨日，我们从边城过来
身体里迂回着"翠翠""拉拉渡"

企图用 45 道拐，去缓解
我与空旷之间的关系

什么时候，我已逃到将军岩
脆生生地说：将军请上座！

四

敞开怀，就会拥有一个属于自己的川河盖
用我的乳名唤她，她亲切作答……

她揽住我的拙，用温柔的腹语
告诉我——另一种义薄云天

终于，我可以躲进厚厚的云层
随意抓一把星子，撒落于我的大地

五

我的阳光，从四面八方赶来

让我的阴影无地自容，天天逃之

富裕的草甸，那是即将牵挂的地方
据悉，我可以成为一只高处趣居的蝴蝶

锯齿岩，张开的空阔
将我的肉身容忍，又将我的虚妄宠爱

川河盖，允许任何人号令苍茫与沉寂
坐享天大一个渔翁之利

于悦己中养生

和往常一样，我们沿着宿命论确立的路
恭听世间各种繁与简的声音
走着，走着
就养成了一种求生的习气

这就是我们，单纯的样子
凡俗地做事，无拘束
无紊乱，在平静中荡漾开来

红日升，那是我们最喜欢的普照
像一群奔腾的雏马，天在上
脚步越来越踏实，地域辽阔

那也是我们，蓄锐的样子
总仰仗着明天，仰仗着自己的人生
漫漫岁月，余生静好
我们只不过是在悦己中，迢迢……

谁在那里？

没剩谁，只有浮云还在那里
它们积极向上、向前、向后、向远

一群把每一个方向当作终点的云
因有目光的仰视，生眷恋
落在山巅，要嬉戏人间

没有谁还在那里，不会为等待一个到来
寂寞成灾

如果树挽留落叶，风挽留纸屑
如果藤挽留硕果，爱挽留步履

我们，你们，他们
愿意像每一个谁，囤积大量的时光
守候在那里？

只等闲趣

曾一点

我不介意你把我忘掉
你轻了，我重了
正好成全自己的一个"贪"

这是一个小说的开场语
无关爱情，是我和另一个我的故事
从熟悉到陌生，到天涯诀别
再到云雨重逢

留白处是你抽身后遗留的空域
一直任由它，在伸手的地方
也许下一个冬可以作为炭火
虚构的温暖，侥幸如春天

另一个我，叫"曾一点"
我让你在我的小说里做了主角
······

月亮河

每一条河流都曾掉进月亮
然后月亮开始生长，漫漫茫茫
河流的心被赋予阴晴圆缺和冷暖

小时候，月圆之夜
如果遇见田畦里的蛙声
再遇到几页翻动《一千零一夜》的风
我会扶着月光拾级而上
找到风信子的味道

月亮河一直在生长
你和我也积累起一些"恶习"
说不上喜欢，却坚持下来
如果又赶上蛙声和童话
我们还能有打捞月亮的冲动？
还能被风信子诱到？

之间

未来已来，那我们没有等待
所谓的风口和浪尖
像败北的草寇，英雄隐没

如果到来是一本柔软的账
那生存是不是过于狡诈
活活地让借方多下去……变尖锐

如果离开是一笔糊涂账
那就群山齐默吧！

他们说我们的时候忘记一个词
尊重。不要拦住露出的马脚
让他们走，甚至奔涌
很多箴言，只在天亮之前停留
给未明未暗的天空

过去已去，我们却死死守候
会有很多的回到过去……

无非是

我站在云下，等一场雨
无非是，一颗心的苦与乐
需要浇洗。如浴后
一些被想起，一些被忘记
还要软埋一些，不再出没

九尘里，万念归一
无非是，风不止树欲静
或者，风止树欲动

我看见等雨的人，满怀心事
身披阳光回家
还看见有一些灰烬
在步后尘……

假设

我在慢慢坠落
那些莫须有的高度
曾经也是我的罪名
我要与尘土平行
并且双眼装满海水
向低低的深处探去
远离星空

我从未脱胎于一只鸟
我迷恋翅膀，迷恋翱翔
我起源于尘埃里
那枝紫茉莉，香气缭绕
从洁白开到淡紫
唯一的途径

守护一个人的深渊

有时，天蓝水清
我会钻进一个大话题里
好让自己在其中找不到南北
空空洞洞地瞅着世界
或者，弄出一点小深奥
把骨骼敲出响声
而后，又总是端坐在
人间最僻寂的角落
痴迷遥远……
用一种神往停落在青山的顶端
当作极限
我什么都不追求
只守护一个人的深渊

圆事

她把身体的每一个细节伸向阳光
月色无恙!

他们在说，月圆之事
伴着窗外的雨声，莲池里的小东西
想要一个圆月亮
或一些可以与圆满媲美的信物
和日子一起握紧

她坦白自己，把所有的知觉
伸给漫天的爱
而渐入佳境

立冬小酌

我的小儿微微仰着脸
如今，我追赶他的高度
他把背挺得笔直
看上去，我们共成一片
凝碧的色彩……

这里的冬让他误以为
一直在春的暖汛中
我口诉立冬的小故事
指望用一个俏皮的情节
打动他那颗未曾沁凉的心
"轻轻的，冬天已来……
春天已在等待。"

生死相依，若萍水相逢

我把相遇你，当作一个海平面
辽阔而旷远
我把认识你，当作一场命运
玄妙而惟肖
我把世界分为两种可能
如生，繁盛
如死，宁寂

我们都是幸存的人
你那么多真实
让我忘却漫山遍野的荒芜
你那么多虚幻
让我触摸不到一个肉体

若爱
就生死相依
若离
就萍水相逢

第五辑

无声——问兰

旵

去吧，我们满怀深情送别昨夜
醒来的不仅仅是清晨
还有梦里跌落的点点滴滴

记得昨晚，我的奔跑
把我带进麦田，并听见
麦浪之声，那是我醒时的梦想

我看见一件秋衣的颜色那么适合
安慰整个冬季

梦里，给了我一匹驯马的动力
和一段久仰的距离
让我可以看见美和狭小的绝望

醒来的，还有我熟睡过的思考
每一个清晨都是久别重逢

一隅

雨后
蚊虫轻狂起来
随意咬一口
就惊醒我额头上的火焰

孩子们嚷着吃冰激凌
他们体内的热烈
伸出长舌
要舔到冰山一角

反反复复，夏冬春秋
流年在似水的长河里
一去数千里
我们，也将拂尘而去

善细胞

一个细胞搭讪另一个细胞
全世界突然震碎，虚无缥缈
无穷无息
很多出售的产品都失去自由
标签上写着大大的优秀和爱
那些捣毁整件乐器而发出的自由之声
不值一提

我依然相信我们
是因为各种武器的咄咄逼人
和一系列时尚的风波
引诱基因的变异
我依然相信，一切还会复原
如潮的善细胞正准备起身
有那么一天
我们在清醒的意识中觉出所过生活的值得
命运归命运，自己归自己
善行于世

敕书

王，干杯！
外面雨声大，听起来很无情
不如我们相视而笑

王，息怒！
铠甲太重，看着你解
我的整个世界轻松

王，别让我爱！
若要爱，我必倾城
请把酒和色当成穿肠之物

王，把背影留给我
惶恐了，用来压压惊
然后像庶民一样大胆放火

王，只要彼此在乎！

我想在浪尖上瞭望整个大海

我只是开了个头

云就笑，笑出天高水长

我还是弯下腰告诉影子：

光与黑暗正如生与死

云又笑，笑开了花

我闭上眼，看见绿色的雾

从春天里来

我的愿望是撞上大海

刚好，一个浪尖像我的露台

也像我的世界

刚好，可以瞭望整个大海

我只是说了一次谎

云就仰面大笑

还要青天白日做证：

女人和小姑娘的差距……

前者，谎言上

后者，童话里

忘不掉的爱情也是我的故乡

当我把爱情以名词的形式打开
看见回眸里深邃的光
当我把爱情以动词的形式打开
嗅到幽谷里归隐的叶绿素
而我最喜欢把爱情以怀念的方式
剥开，一层又一层
捧出幼芽和懵懂

后来。他为她数着白发和皱纹
他说，壳老了！
如今体魄不能弥补心智
夸张不能弥补感情
岁月布的阵
两棵稻草相互缠绕成彼此的命

榆树下，我朗读：
忘不掉的爱情也是我的故乡

笨嘴鸟

她发现自己被遗忘
干干净净又羞羞答答
他们不再开口叫响她的名字
剩下一只笨嘴鸟
想啼鸣一声，却迟迟不能
它坠下地
一点不惊慌或惶惑
拾起遍地的光，双手沾满尘土
如今的尘土呀
已不会惹来是是非非
幸好，他们几乎不提她的姓名
更忽略我捎走的尘埃

天色向晚

——致一位锅炉女工

配合疾行的脚步
汗珠爬上她的脸庞，皱纹变浅
柔软展开……

阳光初醒时她已出门
活在赶路中
戴口罩的中年男子撞了她一下
雾霾笼罩，她翕动的鼻翼
表示不在乎
她每天和一台蒸汽锅炉共处八小时
那些干干净净的雾
这些不明性状的霾

只是因为生活
它们对她似乎一样亲昵
一样且聚且散……

若即若离

月亮上山

勇敢的夜莺回巢

啄开夜的裸色

一切如初，看起来

每一个故事都有陈旧的伤

和新鲜的因果

它，只需要睡眠

枕着黑色睡去

从广袤到荒芜

从寂寥到悟空

而后回到白色又飞翔

惶恐的日子说来就来

不期而至的雨，落入尘

灵魂醒在沉睡的身体之上

迎面相撞，挟持冬凉

谁能预备更多的聪慧或愚钝

作为离别

我们用什么方式，都不行

正如这雨，这惶恐

一阵来，一阵去

失望像感冒一样袭击我
一次又一次，不得解
咳嗽、头痛、腹泻、发烧
都可以做证
我彻底失望过
不如做暴君，妄自尊大
甚至目中无人
也许，失望会胆怯一些
躲开我的世界
冲向云山、雾海、危岩、波澜
以此作别

一杯酒里的醉意有多少

让我在节日的气氛中酩酊大醉吧
成熟后，很少处于痴狂
或让一件月下的事打乱我
我无法让自己出现，人自醉的情况
这是极度的迷失

外边炸裂的声音代表节日
和人们的兴奋波段……
我舍不得疏离宁静的时光
只好把喧哗收集起来
藏进一堵墙里，等我
某一天，也许我会在那里如愿以偿

冈底斯的诱惑

慢慢地，她开始种植
一株绿萝轻易成为她的孩子
她把空虚变成容器
尘埃落入时，也落进
呼吸用的绿色

她的棉麻裙子和老北京布鞋
迎着彻底陌生的目光
她彻底从容。城市
还不能离开
像那盏街头的路灯，站着
只为照亮他人和爱

还要留下来，绿在叶里纠缠
忽如冈底斯的诱惑
洒落在心上
响起山体晃动般浑厚的震撼
她至少能成全一堵墙的绿荫世界

有时，我们像小丑一样活跃

她把头发弄香，还蓬蓬松

要见到爱人了

天地旋转，亮出一片孤独的蓝

她走走停停

在光影的末梢，她捉住一个秘密

原来，每一个漂亮的脸蛋

都是一层覆盖物

她喜欢从头部开始香

像垂坠的线

赤条条贯穿或浸透更多……

爱人出现之前

她也会怀着恶作剧的心情

像小丑一样

蹦跶出稀里哗啦的动静

一张揭下来的俊秀脸谱

面朝蓝天

言卿

我们终归会陷入辩解：
谁在谁的狂澜之中，沉浮
谁在谁的久坐之中，酝酿
谁在谁的虚度之中，患得患失？

那些被惊动的飞鸟
那些被清醒的烂醉
那些被折服的倔强
都是我们，有朝一日的模样

成也自我，败也自我
他或她，有温暖的有凉薄的
有丰淳的有素淡的，有潦草的

有一种痴，只因热爱中

相对于白天的白，我更爱
黑夜的黑，那么包容与慷慨
还有稠密的静
填补我的苍白与空缺

我看它们，更像一对恋人
独立思考，又相互纠缠
各自天涯，又彼此拥抱
它们都不忍分手或者离别
总在交织的地方生出一片天
生出黎明和黄昏

而对于每一天
每一分白，每一分黑
我都充满信心和热爱
好比偷吃阳光的月亮，这一辈子
抛不开窃来的光明
也卸不掉本身的暗淡

盐色

如果从未有过盐
她能像从未认识光明的人，那样
容忍黑暗

失去盐以后
一切味道都品尝失败，她度日如年

看到一簇白雪
她眼里盛开忧伤、渴望、嫉妒、狂嗔……

盐来了
她懂得只能一点一点……
正如幸福融化在日子里慢慢感受

谕

两只撕破脸的鹦鹉
两朵并蒂静放的玫瑰
我选择后者
作为永久的背景
因为我经历过三番口角
五次误伤
更重要的是看见
我们都将死在一寸光阴里

黑夜握着白天的所有罪证
它却守口如瓶
他们只是抓住他的一个把柄
就要致人于死地

大自然拥有千千万万年
很多的人在用最短的时光制造
最长的战争

太阳的"阳谋"

我相信这是真的
雨是偷跑出来的海水
丢了咸
甚是猖狂

你们猜错太阳的表情
他灿烂一张脸后面，一滴雨
悄悄劫走他的"阳谋"
告诉随便一个人或一件物品
明天，太阳起床的时候
你们记得看看天

然后俯下身找
上阕是你，下阕是我
至此，太阳的"阳谋"得逞
一天里，谁也别想逃
侥幸，回旋，活着……

循环

送信的人转身离去
信落在手里，他的背影落进眼
想说一声感谢，他那平淡的表情
这个传递秘密的人
他的差事。我把期待交给他
信里挟着我旧梦里的几滴泪
一个远方的人拾起
寄给我，作为密语

送信的人还会来
不久后的一天，站在我面前
说，挂号信签名
我一定要满怀好意冲他笑笑
然后低眉描出
我的名字和一个神秘的圆圈
清瘦的身体，一滴大大的眼泪
去而又返……

我偏袒所有美好的存在

已经是习惯
我偏袒所有美好的存在
她们以纯真取悦我
和心怀感恩的人
即使她们的误解，也会
让我的情绪平静

我已经喜欢这个习惯
去聆听她们
那些宽仁而淳厚之音
不再捂耳
去凝视她们
那些纯净而清丽之容
不再眼浊
去念想她们
那些灵慧而笃远之福
不再神滞

我习惯偏袒所有美好的存在
她们明亮照人

白云或苍狗

我要在那微香细生的早春里醒来
披露今世的小秘密
不过是些零散的，如花瓣一样
不足成形的快乐
它们曾在我这里，由生到落
像奉命来伺候我的小丫头
从凌晨的梳妆开始
我的小幸福就在它们的手心上
跳舞，歌咏，嬉闹，争宠
然后与夜色呢喃，入睡

我不想被倾诉的念头主宰
我要沉默，和其他人区分
只对浅蓝色的云朵
懒洋洋地说，今天又开始啦！

我们在纠缠细微

去那些断舍离中间
你也许被亲眷们想成勇敢的人
那些麦芒与针尖，踟蹰与迷茫
那些绕不开的……

占卜师唯一的工作，捕捉
介于真实与谎言之间的诸事物
具备了可爱的一面

再度至此，你依然
不会向任何方向，许诺
只是这样子或那样子，存在着

用诗歌的方式描述爱
"雨水落在水面上
我不顾一切地歌唱。"
嘘，今天立夏无雨
抬头看见的，只是夏落下的初吻
脖子里耳朵里发丛里，都有

我不再掩饰其他秘密，比如

总把乌鸦和贫血扯在一起……

可以吗？让一片空白占据

不再被一些毫无感情的名字左右

可以吗？让我爱

像一片树叶吮吸露珠的样子

自然而然绝不诧异

可以吗？让我从此忘记远方和诗

刹那间退出全世界

怀抱对每一个存在的慈悲

大声说，爱我们吧

还有漫漫长日……

故乡，城市颤音里的隐忍

四十年后
您让我非常想念
这是我脱离母体以后
第一次有声地呐喊
您在哪，在哪？

您
被碾碎，被湮没
被改变形象
仿佛在弹指间
又仿佛在漫长迷茫间
我和你，已遥远
永远无法熟稔的陌生

故乡
途中遗失的亲人
是我一生不能完善的隐忍

一种春日谈

春天里，你又长了一根肋骨
少去一分薄弱，立于尘世
成为迎风奔跑的青年
不再嚷嚷：这份胖生活是甜的

兴许瘦骨嶙峋的滋味
已经袭击过来，你正用初生的胆识
认识一种叫"艰难"的命题

寒冷从来就是渐渐融化的，而不是忽然消失
当那些鸟儿用鸣啭之音引来温暖时
阳春时节开始，众生皆参与
这是"共渡"的真实诠释

你懂得，敲门而入
是一种"缓慢的爱"，也是一种态度
或许会等候良久——那扇门才被同意
愉快地为你敞开……

你说，春天不是制造旁观者的季节
我就此欣慰：一种心情的成长
可以护佑人一生的千里迢迢

居安者

他站着
她坐着
他目光向下
她目光向上

他坐下
她站起
他们的目光同时朝向远方
灰，朦胧
然后是冗长的清寂……

初秋苍白的冷月

我一直觉得一个苍老的村庄在那里

痴情地等候我

极像我梦里的黑骏马

从奔驰到静止只需一个念想

他是一抹淡远的虚幻

那取之不竭的激情

指望我，私奔

也许在许多年以后

在一个惊惧的瞬间……

我会以逃匿的方式进行

一次决然的狂奔

刚刚好，遇上

初秋苍白的冷月

第六辑

安之——若素

一剂夏方

她设想一场风雪
在仲夏，将她从酷暑中
极速解救
如果是，那一定不堪目睹
这世间，但凡带着破坏的解救
终将是灾难

算了吧，来一团柔柔的雾
包裹她的坚硬之壳
她总会用那些如刃的外壁
伤害亲爱的人
然后望向迷茫的过去
忏悔千丝万缕

更好的她，就在今夕……

礼物

礼物
第一次是玫瑰
红得快跳出鲜血
她双眼盛开无数泪花
和它们一起绽放

礼物
第二次是戒指
它用冰凉的喜取悦她
她把温暖给它
把爱给他

礼物
第三次是一句祝福
生日快乐！
原来快乐已臃肿
蜡烛亮着，她吃满一肚子孤独

礼物
许多次以后它变成生活

一起走路

一起磕磕碰碰

她满怀期待的竟然是一个热吻

礼物

忽然，她什么都不想要

你好，就好

笑挤在皱纹里进出声来

"孩子和我们以前一样大了"

她阅读

她小心翼翼，更加艰难
把他爱成了瓷器，这以后
是该捧着还是该藏着
她像一只躲避光源的萤火虫
从东边出发
到西边消失

落在白色瓷砖上的青丝
卷曲而迷茫
是她挣脱沐浴泡沫后的真实
那可怜的真相，至今还在飘忽不定
为了让冬里寂寞的炭火
烤上春里孤独的花
谁让谁形同陌路

光挤破一盏灯，透露秘密
告诉她，经年之后
他和她都是曾经被岁月虚构过的花絮
很多陨落的痕迹

一直在通往终点
她反复诵读，他反复回答
爱，只是一场渐行渐远的永别

时间的味道

我的爱

会像一片叶藏于森林中去

像一滴水回到大海里

或者什么都不像

只是为了从一抹记忆，到达

另一抹记忆

所以

不要痴迷任何味道——那些自以为的远

除了时间！

积累

当我充分相信时
整个心踏实下来，磐石算什么

那些躲闪的表情凝固
那些游离的步伐坚定
我开始自以为是，那些慌张
被养成缓慢的习惯
平淡无奇，不争不恐，不先不后
更像一株常绿的植物

糊涂都是来之不易的
那里，灵魂深处荒芜人烟
我们彼此指望相爱一场、两场……
奢求什么，就滑落什么

所有的灵魂都是千万年的积累

内窥镜

一束光冲进屋内
那些猝不及防的亮，紧张到羞涩
浓稠的黑被稀释
剩下的一点自尊足够它喘息

存在和不存在是一个哲学问题
不如内窥镜的坦率
直逼看见的世界，直逼所谓的陈设
然后如实供述

而无知的另一种解释
是一些被淹没在黑暗里的存在
而虚幻的另一个解释
是一些被光明放过的不存在

我们，用一生去容纳
那么多存在的永恒陨落
用一瞬去记载
那么多不存在的永恒爱戴

解释

鱼，不舍一掬水
树，不舍一寸光
人，不舍一口气
云外，果真还有红尘？

我们用每一个夏天，制造火焰
我们用每一个春天，孕育稚子
我们用每一个秋天，期盼丰收
我们用每一个冬天，预谋未来

而这一切显示，只是沧海一粟
苍茫间，解释成为一个措辞

拈雨花

不否认，雨来临使天空
有了战场，有了兵荒马乱
那些降落的缤纷，与幸和不幸无关

她变缓生活的节奏
同角落里的一些遗漏打着招呼
并闲坐小院，目及方寸之间

她在用细雨编织下一个蔚蓝
像一个谙练的老手艺人
时光里，徐徐添上几分敬爱

对天时，对地利，对人和
我们所求缥缈
正如雨，养育了露珠和雷电
也养育了复苏和放空

双生子

她的眼睛是潭

黑白，静止

那往深处的苍蓝

被一页厚厚的历史遮蔽

镇静的落寞荒凉

亢奋的遒劲葱茏

相互信任

他默许下一个春天

全为她盛开

把她的双眼陷进爱情

像极了玫瑰，一丛接一丛

或者世间所有的娇态

若有云更见月

他们只因为是人类，在相爱

一颗孤独的星星能拯救我一生
——给TT

这是不言而喻的尘事
而我必须依赖夜的净黑
融化心里那一块暗地，到极致
然后，又遇上光明
开始再次照亮和生长……

这是使命
我想对着你的世界
破门而入，摔坏那些顽固的预设
让它们碎成你的芳华
碎成我期待的完整……

那些都是一颗星星盯上我以后
看到的我所有的秘密

我不想潦草一场

在城市群里穿梭很久后
我会找到一个乡村，作为安慰
躺在夜色深处听
如瀑布倾唱的蟋蟀众声……

我落入林中找一些鸟
看它们从一根树枝飞往另一根
此刻，它们比我匆忙
举目，眼里装进一辈子的阳光

每一次，我不想潦草一场时
不同的乡村会出现
让蟋蟀和鸟弄出大动静，拯救我
和我那些四散的生命关系

而后知，风停见花落

押一生只为抵达虚无

这个春依旧宠了百花
花儿们醉醺醺肆放，不管不顾
叶儿们冷冷静静也纷纷扰扰

我们纠缠在相互的故事里，你推我攘
大家不知不觉等着夏
以为它可以肃清满目疮痍

疼痛落在实体上才是疼痛
当世界因为什么而萧条而薄凉
哭泣的是一群人和一群动物

我们是一起被灌过浆的成人
在虚构的叙述里齐整整出卖心绪
疏忽一颗走了几万年又来探望我们的星星

押上一生，不为命运的旨意
只为自虚无来，到虚无去

如植物，如细流

我总能在植物的身体里找到
羞怯与惊喜，它们挤在一起
这是和大自然最搭调的情绪

我从此认为植物是儒
它们单纯而率真，易感而钟情
原来它和诗歌最亲近
不争夺不招惹，满腹蜜意柔情

还有那些细流，从来没有被驯服
曲曲折折一生奔波
我以为它们有植物的秉性
拥有那么多自知，且从善

我正用一股细流喂养秋海棠
偶然，就倾倒出我的内心世界
也像植物一样自足

他者

——给TT

有一种豁达
是我把他当作全世界

我一直在破译一颗远道而来的星星
关于他的亮度和纯度
关于他的熔点和冰点
相逢时，只顾着喜欢和爱
相离时，只顾着冀盼和念

有一种狭隘
是我把全世界当作他

他任意一个眼神停顿
就能捕获自由
我取缔所有的奔赴
迎上劈开的道，纷呈而至的这个世界
愈合我的累累伤痕

而他让我知道
星星就是天空的一个个预谋
显露和隐没都是幸福的标贴

家乡

——给午后的山城

我竟然从陌生人的眼里，取得暖意

她把座位让给一个摇摇欲坠的
有凌乱情绪的中年妇人
站在行驶中的轻轨上，目光如阳春三月
因此，我与她的距离临近

她说出一句话
山城美，生在山城的人更美！
因此，我的心灵荡漾了
有旭光和柔润……

我并没那么想认识她
陌生得让人感觉是意外的骗子
悄悄地，我用偷到的那丝暖意
用来深爱我的家乡

白孔雀

——给天岛湖的一只白孔雀

我们都看见了
你从梦里而来，缀满
一身的星辰，以及那里的暗喻
眼里噙着露珠，晶晶莹莹

你向我们袒露了全世界
我们却无以回报

你让我们握住了梦的方向
我们却无以回报

你把所有的悬崖收拢，只给我们
一马平川……
我们却无以回报

无疑，你成为我们最珍贵的纯洁
尘埃去，濯濯生净……
从此，还有一盏灯火璀璨

阕歌

告诉你，在南方
冬天会有皑皑白雪，浮现
进每一个人的世界

那是自我洁净的一种方式
用沉甸甸的雪，覆盖
让无法更改的遇见，窒息
在茫茫白色之下

我也会将自己安顿在老宅
没有光，心里足够洁白
被旧物件宠幸着……
有时我站在空无的顶端
长出犄角，用动物的力量
冲撞时光的墙
从迂腐的一侧闯入开明

我还要让寒冷更加分明
层层落雪……
冻，又是另一种方式

中间人

"我们试图摆脱任何中间人,包括自己"
这并不是一个轻软的理由

中间人,是一种错觉
像刚刷完牙吃橘子,掺杂其他
混淆莫名的是非、异样

他们一直想直面青天
绕过地表——凌乱的牵扯和顾虑
直抵黄庭,袒露中空

"我们努力剔除臃肿,还原曲线美"
那些难以解咒的人情世故
成为他们必须的负担——层层赘肉

两三只蜜蜂放弃玻璃墙内的花圃
朝着一片旷野,飞奔过去
它们已悟——颠倒与是非的关系

望风而逃

——怀念兄长

你把双手放在时钟上
所有的时间并未停止，除了你的
那些卑微的、灵敏的、戏剧化的渴望
如浪花，仅仅为追逐
最后粉身碎骨

你纵声大笑
时间容忍所有的笑
即使笑破天机，笑出另一个地老天荒
那些洁白的祈祷飘满长空
怀念曾经
你只是一个望风而逃的男孩

逃避和佯装

1

黑暗，不足惧
一只蛐蛐，仅凭声音之力
完全能够刺穿它，它的庞大

我们有权利，沿着
这个破裂之口，走进光明
虚愿可至……

你把那样的一幕，叫作
不妨用沉默去逃避

2

一首沉睡在灵魂里的诗
在凌晨三点，苏醒

它弄出的动静，能让
一百斤的身体辗转反侧

能让，"伟大"的思想败到卑微

乞求一觉，至天亮

你把那样的惊慌，叫作
不失体面的伴装

一般有趣

生活从来就是一般有趣
仅存的意义坚持扮演最顽固的由头
我们要的那些价值或精神之类
莫非恰如树上的果子
后来给了虫子，给了风

母亲一直站在我们对岸摇手
提醒有一簇熊熊火焰
她知道我们飞蛾一样的体质
总想着扑向火焰，坏了她留存的温度
坏了我与她的血缘

又在夏里，想偷一些陈旧的趣味
惦记烈日下自娱的银翅膀红蜻蜓
穿着盔甲焦灼叫嚣的知了
青石下被水波饲养的小蝌蚪
一段时光后，它们会用声音解释世界

解释小日子为何长长绵绵
而去了怨嗔，得了心安

尘埃

我们更像一艘奔驰的船
船尾紧跟的浪
从未停止对我们的觊觎

还有那些逃脱黑暗的光
亢奋地爬满船头
将我们的一生干扰

必须向前，豪迈的口号
而有时，我们更想掉头
背着光，丢尽口号

囿语

夏安
雨水越来越多，羞退骄阳
我们也被变成两滴陌生的水
相互沉默，与这闹嚷的世间纠缠

头顶上又有团团乌云
仿佛已习惯，不就是暴雨要来嘛
正如我们，一会儿爱情
一会儿亲情，一会儿友情

烈日静谧，待在寂寞的空间
信仰教会它如何从核心找到安宁
而过多的雨，声声狂妄不再矜持
正用浮躁的身形打探人间隐秘

夏安
一半是生活，一半是遐想
最终我们都将宠辱不惊

时间

没有别的
我只是一个永恒的存在
一层概念
朴素，自信，从不假装优雅
我的名字叫，时间

被很多人描述过
曾经那些深刻的历史
都是我拂袖下的烟云
一过目，一纷扰
数来有二十一世纪
那么简单，也那么明白

剩下的我，像一头忠实的牛
等待活泼的犁
等待安静的田
最需等待，一颗平常的心

护

每一滴水
都经历过一场因果的轮回

此生，它的灵魂里藏着
激情燃烧以后，灰烬一样舒坦的平静

一滴水，拒绝了任何的文明
会比一个人走得更远

我们却无法抵达生者，虽然咫尺
伟大的神秘感，被一滴水识破

不要轻视每一滴水的聪慧
它能教会人类认得，慈善的广义

其实一切存在，都是相互依恋
狮子与云雀，玫瑰与刺猬，幽谷与云巅

草木也知道
一滴水即是它们一世的守护者

一幅生图

他在梦里听到——
许你三千丈荒野，任凭由你
或养虎或种草，或放空……

每次他去看中医
都会沉迷中药剂师手里的"秤"
仿佛自己的那点儿病症
悉数落入它的掌心——
焦炙三十克，悚惶二十五克，
贪执四十克，鸠拙二十克，虚妄十五克……

然后他看见这些单一的小病症
乖乖被收拢，进入药袋
成为他准备煎熬的囊中之物
接着，他会一边承认良药苦口
一边继续招揽诸病、诸痛……

也有那么一刻，他识得——
生来，我们只是为立足之地奔波
而且，一直在既往不咎

若同甘

"你攀登一百米的高峰,
就有一百米的深渊,等你面临。"
这是一句隐含敌意的话
可以走错一步,甚至颠覆一场命运

我习惯,在平原里发散野心
将起点和终点保持一致的高度
把出发和到达,维系在一条地平线上
然后告诉自己——

一个人允许具备多重的平庸
比如:不愿制造悬崖与幽谷
不愿口齿伶俐与诡辩
不愿让水淹至腰部
不愿落入世人认可的幸运之中

如此,我和另外一个我相遇时
没有隔阂,没有攀比
更没有上下求索的心态

我们只是星空下的发光体

那些诸多的"果"
仅仅是一个"因"的节外生枝

云们，在我的头顶三尺以上
小时候就仰慕，它的不迫
可低可高
可聚可散
可承受万丈光芒
可运载急风骤雨……

只要我放弃迷茫，就会见到
和它说话的样子，有母亲的慈善
有父亲的严明，有孩童的稚气
也有长相思和恨别离……

城市越来越像一个形容词
纵横交错的结构，密密实实
我和孩子们相似，生活被谁动了分寸
近观和远眺的方向，混乱
云说，如果可以这样

一个人，两个人，三个人……
持有初心，而后念念分明
从愠色到达喜悦

第七辑

宁静——致远

顺路

我喜欢那些不完整的自由
有时的空欢喜，也算挑衅者

它拉扯出一天又一天的日子
漫漫长卷，匍匐在身后

总有回眸的时候，一半欣喜
一半担忧……

我喜欢那些纯粹的约束
有时的硬道理，也赋有柔软的诗意
它能够阻止邪念、武断、贪妄……

盈盈大地，辽阔就在前方
生活，有时轻轻一捏
或痉挛，或零碎

模仿白云的无所事事吧，一来二往
我们会平静下来，顺应天命

我们用一生完成各自的残缺

当我右手食指尖受伤流血时，那疼
却是全身的，甚至波及心脏

外科医生用极小的针缝合
我感到莫大的恐怖，突兀的袭击
拉拉扯扯，绣花一样精细

我的世界被这一朵带血的花
刺痛，这一回的残缺像一场革命
像一次没有骨气的战役……

顶着一个穿着素白棉袄的指头
我对着它，暴风雨一般哭

许多年以后，那朵伤痕之花对我耳语：
你的一生只不过都在完成残缺

一帘风月闲

一念得涤荡的和风

豆子说，天爷爷是个小哭包
很多时候撑着一张湿漉漉的脸
与芸芸众生，不匹配……

不知名的鸟唧啾着，那些音调
力图穿透水分过重的空气
表达出它们的轻灵，孜孜不息

天造的万物就这样泡在水波纹中
就静静守候着，一些旧生活
来日不求有功，但求无过吧

雨水充足的日子里
曾经颠扑不破的真相徐徐软化
那些坚硬的、苦涩的存在一层层剥落

一念得温润的新月

只剩靛蓝和空

在孩子那一边
万丈云霞显现出柔软的粉色

在父母这一边
夜幕低垂时，所有的光点都会战栗

我们和长大的孩子
越来越多的是静默，之间有壑
从紧张到无可奈何
长长生活就是一路的认同

我把最安静的房间留给自己
它适合装进纷扰混淆的暗色
入夜，把我们的世界分成三份
揣着各自的那一份，沉睡或失眠

没有许多的存在
那些轻拿轻放的末尾
也只剩靛蓝和空

晚安

母亲在每一条光线里老去
她的腿有伤痛，行走僵硬蹒跚
很多时候选择坐着，阳台适合她
望着屋前一片沉甸甸的绿
她说："我在看过去，而不是这些树"

我的惯性思维推出，她是孤单了
也许她会患上老年性痴呆
把她的世界弄乱，那种废弃的乱
让人心痛的乱，又或许是如洗的空
我害怕自己所有存放在她那里的历史
成为星空下的最大错失

她会在某一时某一隅
把积攒七十多年的经营
一夜间倾倒给空谷，不要利润
甚至舍弃所有的成本
我们都是债，也将一笔勾销……

万里无云和两手空空

广场东侧有一棵大树，名唤榕
它目睹接踵的人流，也静候每一只雀
任岁月和故事溜入心窝

它眺望江对岸的南山，如黛如烟
看见一朵依恋山巅的云
它浅笑，"其实天空可以万里无云"

林，你的名字满是树的本性
安于一隅，向阳而生

一团生活琐碎，一双慧心似玉的手
天意的次序，过去现在未来
从你的眉间隽秀而出，所有日子

乘了你的一片阴凉，避免烈日
此时，我闲置凝神感受你

你在拥抱大地的沉默，也将迎聆苍天的巨雷
那句沉静的低吟，在途
"终归，不过是两手空空"

乍醒

如果你深夜乍醒，
不要睁开双眼，要继续一副睡态
这是，母亲曾经的告诫
即使你已孤立于梦境之外
也要假装——只是路过清醒
你依旧是——向梦而生

请你，忽略他们
即使他们仅凭寻常的手段
就获得了幸福
同时请你，忽略自己
即使你终归手无寸铁
还得腹背受敌……

那些乍醒
只是你漫长许多年里的一次次虚惊

你是我的旁证

如何拒绝你？没有敌意的坚决
不要妨碍谁，我的天性在体会
这里，刚好享受自己的宁静

让我像一个怀孕的母亲一样活着
想着身体始终养育的，小生命
就会有许多的专注、信念……

如何深爱你？不含诱惑的深情
每一刻，要明朗

此时我在照顾一株受寒的鸢尾
细软温热的水流缓缓拥抱它
一些绵柔的低语，落在枝叶上
我的指尖轻拂起来……
正如我给你烹饪时的所有轨迹

只是在一次次转化，我全部的热情
你终于成为我忠实的旁证

生活里密集着千般琐碎

我的列兵们，朝夕相对
它们各自命名，锅碗瓢盆勺
油盐酱醋米的魅力

用上我的广阔情怀迎来无数的零碎
这里有山川秀丽，河流纵横
有冰火两重天，有布局筹谋算
有缕缕爱念，有款款期待

曾在幼时，我就喜欢把脸贴近窗玻璃
深情目睹父亲或母亲……
把那些带着稚气的绿蔬、瓜果、豆荚之类
弄出飘香，协同又白又胖的米粒
大功告成的香气，直扑我的唇齿之间

那时我在想，真的无法与他们分离
当父亲说，今晚做板栗烧鸡时
我就开始尾随他，力图在他的身影里
提前找出香喷喷的证据
一刻也不能停顿的盼望成为我记忆中

最凝重的神色，至今

我已认可这素昧平生
一半是风波，一半是沉静

养空白

那个缺口，她没有想过
去缝补。它可以驰骋想象
可以安插一束流浪的玫瑰
也可以灌注一些虚无，让大世界无限小

得见一只鹰起飞于悬崖
向上总是那么让人激奋和昂扬
往往，高处的寒凉会被星光掩饰

她希望一次俯冲，临渊羡深谷的下陷
借用鹰的健翅，或许它的高傲
能帮助她——获取站稳谷底的勇气

盲者更喜欢芳香，无奈
那些叽叽喳喳的炫色，消失于尘世
失聪者具备天下最睿智的眼神
能够拥抱，春秋之间所有的空白

她吸纳了那一个永恒的缺口

不就是把一棵有顽疾的树，植于

森林中，阳光透过浓雾

风雨沿着爱的途径，一生缓慢而已

世间的两种形态

我有一个喜欢奔跑的孩子
和一个喜欢归隐的自己
他们是我在这个世间的两种形态

孩子总把他置身于我的前方
跑出我的视线，让一阵惶恐现身
一个母亲无法直视的虚空
就在丢失与复得的那些瞬间里
我看见束缚和自由的较量
触摸到孩子对母爱的一种友好反叛
体会他，我在原地停留
扑通的心跳中等来他的如期折返
以及单纯的气喘吁吁，他汗涔涔的笑容
表达出每一次奔跑后的静谧

我总把自己安置在喧嚣市井的底部
蜕化成一只蛙，由坐姿决定生存
所谓之道，就是懂得静待时光
懂得要尊重今日的事实，并唇齿相依
如果刚巧有一片云，垂目相对

我将用一天的心思去和它吟唱，也不挽留
在那些意犹未尽里，云消散
只需要多几秒的仰望，权作分离
这样的我，或许正向另一个自己问候……

幸好在世间，有这两种形态滋养我
蔓延我的未来，零点到达

今日意

就在那里

那些粗大的树枝，焦黄的荠菜，无忧的飞鸟

和一些向上的蘑菇之间

我无法忍受的只有漫长的庸俗

以及阴暗的背叛

这时，我会极力想去到达

在世界里或许不存在的某个地方

奚落自己因为要活着而一个个糟糕的主意

终归舍不得一寸草一寸目

今天，我喜欢上整理和排列

打开那些愁绪满怀的抽屉，请它们

重新厌弃，归位，素净，匍匐

喜欢听毛不易的歌，声声质问我

像二十年前的痴迷，某一种陌生的感觉

闯入别的空间，植物的，音乐的，虚构的

沉溺其中，那些类似麝香的可爱气味

我愿用嗅觉去长眠，躲过三世吧

就在今日的新鲜、闪亮之下

我用一只手轻轻插入暖烘烘的春意里

又开始平常的生活……

突然闯入了自然

一粒种子闯入
成为春的幕后动机
像一缕晨曦隐匿到浑厚的暗处
必须经历一段浓重的寂寞

在破土之前，它蕴藏着蓬勃与兴起
一念，解锁黎明奔赴曙光
是它体内的隐喻——在求生，求平静
求小幸运，求海阔天空……

一个偶然驾临的人
她推开那扇门，冲破自己的原形
只因灵魂的璀璨，裸露的穗芒
犹如翠绿的瀑布倾情，好比往生
携带诸多的神秘，成就又一世

她盯着，那句坚硬的传言
"怕处有鬼"
这些年，试图用呕吐的方式
把那堆疏密有致的恐惧，消尽

如若有某个生命体，自觉地
突然闯入了自然
从此与一些随遇交往甚笃，而安
是为最吉祥……

那些我们吐纳的尘埃

她脸上那颗黑痣，浅搁在绒毛中
像一只迷路多年的蜘蛛，萎缩了手足
容易激动的她总被一群莫名的情绪
围困，有暴躁的小鹿乱撞她
却坏不掉她那些大大咧咧的好心肠

那些风没有想象那么轻柔
我走到修缮后的山城巷子里，撺掇下
许多悠久的痕迹屡屡浮出……
使馆巷，马蹄街，郭沫若的一些日子和文字
谁在无端的华年之上，费思量？

她是我的启蒙老师，坚韧而衰老
我搀扶她，正如搀扶我的徐徐余生
那些我们吐纳的尘埃，遍满净空
也许旧时光流淌在别处，正幸运
她何住？我何住？云何住？
有想与无想之间，我们随意安然

苍翠之外的那些存在

"一无所有的人不知什么叫作一点点"
许多年以后，在回忆中惊喜发现
那个一点点的拥有，依旧让我怦然心动

我愿意，被围困在星星的万丈光芒中
像一尾鱼那样沉浸水下
生命此时是重的，不再飘忽
这种状态犹如一首赞歌，激烈且内敛
那些我向往的包裹与镇定
都呈现出来，浩然长啸入脑海

如果学不会沉默，我就永远三思
那一年，我爱上家人以外的人
仿佛走出森林的孩子，微微作响
一群琳琅满目的存在，在苍翠之外
从此吸引我走过去，暖乎乎的风景
一边拥抱一边孤单，所谓的旅途

最好的就是那一点点，相思之外
正是晨起听到的鸟语声声
不回报，只许永以为好

夜，弥漫的禁忌

今夜，群星在荟萃之时洒下光斑
白昼最长的流言在此刻，戛然而止

所有的速度迟滞，成为被动者
世间万物似乎一动不动，却忙于藏匿

街灯用影子打扰着广阔的空灵
几只野猫不知深浅，披上晦涩的毛
学到人类的心机，从一条街偷听
得到另一条街的陈年韵事

这时能看出风的秉性
它像助长火焰一样，助长暗恋者的狂野

那些不知名的黑色险境
会因为一个暗示而爆发，把夜搅得更稠

如果雨来，就有茫茫中的生长
黑压压的山体、沟壑、楼宇、道路

在焦躁不安中，假装成上世纪的潜水艇
庞大而虚弱的沉寂，力图锁住九重之天
而熹微的晨光，在琐碎的禁忌中苏醒

滞留

它就是岁月
饥饿的儿子。我要撕毁
所有说谎的表情，朝着
灵魂深处走去……

正如醉倒的探戈，很多眼神
失散，嗔痴，周折……
坐在木凳上的日子
东张西望，显得十分幼稚
有人爬起来，长满志气
然后平静如大病初愈的患者
对生敬畏
对死只字不提

最后，一切的结束又在复活
命名为下一轮炊烟
和轻度的强迫症患者共同期盼
留下深刻的，忘却轻薄的
而存在的，都将殊途同归

通远门

一座城可以因为一扇门而坚固
我看到它头顶上的云，轻轻薄薄
老人说，之上的都持有灵性

它可以是囹圄的一个出口
也可以是枷锁的一把钥匙
它生性冷静，却又缓慢且专横

跨出这扇门，我们就是舞者
远处，小面积顺势与大领域逆势
而所有的统统属于宇宙，最终都要归还

大地的经络

在傍晚，我踩着河边的草丛
一双脚欢喜，接受一些青涩的营养
很久以来，都在这片土地上行走
她的盔甲一天天厚重，有一种和平的坚硬
承受车轮，高楼，醉意，尖叫……

还好，我有高处的鸟声抚慰
可以让出温暖的心底，给她
那些我打小就熟稔的柔润泥土
来吧，我知道深陷只是为了延绵
为了一个又一个神秘的未来

我愿意这样，清淡的步伐渗进软土里
仿佛在吟唱与且听，岸就要迎来灯火
想着江水中有一尾清波鱼和我平行
那些小心思，泛起层层涟漪
从低处跃起再跃起，成为一个新的世间

如是，我将右膝着地合掌恭敬

日日犹得向晚生

这些满天清辉
月色作为夜赤裸的情绪
她让所有的歌颂停止
让孕育倏忽无声

她修炼成嫦娥怀里一只的兔
阑入柔软的幸福
这些叫月光的朋友
想翻阅人心潮湿的那一面
还有一群芽孢
需要在黎明迎春迸发

一只取名优雅的兔
于阳历三月十五降落尘间
为满足，消遣……
只是那些晶莹的目光已深陷

岁月深处思慎独

细雨，一丝一丝编织着
终于屋檐开始承诺雨滴，来去如常
如白色的葡萄酒，正是我的小浓郁
和我悠远的乡愁，融洽

雨幕又是一张网，把家乡都装进去
把我的过去、现在、未来笼罩
久久地盯住我，像孩子挠痒痒的手

它们密布我的全身，每一寸经络
卷土而来的狗吠，轻松的样子
嗅出了陈旧的味道，这里水土的味道
那些叫，是一种庄重的仪式

喜欢夏日院坝的空荡与稠黑
让月光咬着我，酥酥软软
一直不放，习惯那样被重重地注视

我越来越迷信
家乡的那些声音一年比一年响
可以遮风挡雨，可以做烈日下的凉荫

冬至

光走到这里时，愣了一下
醒来，雪和一车斗的冷
我的心头堆上过冬的炭火
不暖任何季节
也不暖任何未知的春
春来自会生草……

许多念想落下来
落进冬至，落进最原始的生冷
已经几千年或更久远
世界早已变得苍茫空白
凭此，引诱众多颜色
常来常往，无关休止

一小朵带电的云
——给那些缓慢长大的孩子

还是小毛孩时，你的小世界里
被我们投放了一枚快乐
你像一小朵带电的云，生长
有自己的能量，自己的眼界

你问，做什么样子的人
可以比较——放心大胆？
我们那么不经意地，脱口而出：
普通人吧

从来，你就有云的自由和高度
和其他的小毛头一样
会偶尔用自己身体伤害，自己的
灵魂，也会在短时间里痊愈

于是，我们看见一些平淡无奇的表情
存在，你布满春意的脸
正好赶上和平的尘世，一些凹凸
一些深与浅，一些不甘寂寞的烟火

时不时扰乱着秩序……

你已无须，我们眼神的示意
就能从辽阔中确立，一种安稳
未来里，你放入一枚"安之若素"
有寻常，更有向往

山就你

这是一场没有根源的奔赴
你这水的体质，最该属于平原、低洼

因为一次回眸，皈依了山峰
从此专心向上，仿佛要突破本生

山，巍然而沉静
迅疾的风、飘忽的云、炙烈的光
它们从未停止对山的热爱

你说，既然来就不做过客
既然仰望，就只做上善之流
你就山，自诩三生的轻软

这是一场无尽的攀登，也是抵达
他日，山就你
相许无数的品德，恒常的甘美，安和

月事

今夜，月亮低垂
我可以对着它
说说脸上的瑕疵
几颗黑痣，几道皱纹
几块旧斑，几处新愁
到此，我已心惊肉跳
再说下去，作为女人的我
只有沦为哲人
才能度过余生……

今夜，月不归
今夜，不思不念才是圆满

每一个人都供养着寂寞

声声鸟鸣划破晨幕，那些
动人的伤口，流出喜悦的光
今天，我依然只取一束
让它成为内心的仰仗，而波及
所有的，隐秘的角落

落叶醒来，它身体上载着明亮
有心去横越，最后的倔强
那么深入，却又那么浅出
如——初生，如——果报
它冲破眷念，与根互为彼此的空无

每一个人都供养着寂寞
"于一切眼中看见无所有，
于无所希望中得救"
世间终归有无法更改的善
一意孤行，或芸芸共赴……

一种生态
——给世界地球日

世界相遇人类，是否幸运？
至少一群蚂蚁觉得，这些人
在浪费他们的想象
专注于权欲、美色、财物或畋猎渔捕
而我们仅仅只是
作为一类食物的再生
极少联想到许多生物正使用死亡
挽救人类的存在！

认识到这里
我们与食物互为彼此的意愿
恰好被另一群蚂蚁见证
它们惊叹，无论世界多么孤独寂寞冷
瞧那个人
他的倒影因消化不良，而战栗！

悦事

1

孩子长大了
一只猫被我收养
全黑，我叫它：黑正经

因为我需要见证者
一日三餐的时候，怅然若失的时候
我想，被发现

有些习惯需要养成
比如早起时，唤一个名儿
"黑正经，过来……"

于是，它噙着明亮的目光
皮毛上沾满星辰大海
迈进我，整整一天的人生

2

她把"才女"一词，劈开
把"才"送给了一只猫

把"女"盖上了红丝帕

数日以后
她像新郎那样兴奋
揭开红盖头

她抱住那个"女"字
把自己融化进去
一个纯粹的女子，玉立

反刍

我像从极地归来的信鸽
衔回两个字：珍重
这是给我们余生的温度吗?

日子总是那么漫不经心
打破一个又一个暗夜
光明也一直在大放送

越来越想知道
你的那些让我无法忍受的宽度
有多么辽阔
我更想知道
比你辽阔的是不是虚无

钰书

钰书，用了白日里的盛大协同
读到——有馥郁，有明光
有幽远，有悦动，有荣耀……

我不知道，人间生活可以
如此往来美好和深邃，原本
那些刻骨的欢喜，那些诗意的轮回
都汩汩涌入——诞生以来

无边的果肉和空虚的核
本该互为因果，关系一生一世
这些是声响，也是眷顾

普天之下，唯有土地能容纳
人类无止境的爱，诸世的思念
许多的简约细节最配拥有，铭记

我心生诚服，与你书中的相会
千缕的感慨，万般被激励着的
今昔与来日栩栩如初，如璞玉，如旻

我想象，一厢的寻常
云雀落脚在我的眉心，不失敬
它把所有的致意，回荡在群山与大川之中

谁是谁非，万物间比邻而居的
有一剂良方，随了生生世世的
大智或大愚，只是肉身的私欲

于是，我沉淀在钰书的内壁之上
淬炼，一个女人满腹的善念与柔软
去同全部的缺憾言和

后记：种雪者

/ 张远伦

　　二十四节气中的"大雪"，让人心生安宁。命名者似乎是通晓天时地理而又关照人类内心的，这个词语的两个本意互相重叠而又分离，既是飞雪，也是时令，漫天的精灵带着隐喻的花朵，像是时间在成形，幻化，飘舞和覆盖，动态的时间和静态的时间与无垠的空间交织在一起。这样的日子里，特别适合围炉读书，尤其是读诗。诗歌中的纯净，语言里的火花，情感里的热度，思想里的光芒，会细碎而又真切地击中沉静的人们。

　　我就是在这样的氛围中读到熊筱枫的诗集《木风引》的。

　　仿佛与眼下中国南方大面积降温下雪的境界有着天然的契合，筱枫"用圣洁拉开帷幕"，站在当下，"以花的另一种公式"存在人间，而对于未来，诗人在诗歌中认为自己是"认真的雪"。诗人是"听雪者"，是融入雪境中的人，从而成为雪的本身。对于读诗的我们，似乎也开始听雪，仿佛汉字的簌簌之声，在纸面上回响。

　　筱枫是我的同学，也是同事，是一个安静而又内秀的诗人。其实，她的主业是写小说。在我的阅读中，她是一个特别擅长中短篇小说写作的写作者，也写长篇小说。我甚至觉得她就是一个天生的小说家，小说自成一格，语感跌宕多姿，如同在梦幻中编织情节，有内部的感染力节奏。虽然她偶尔会发一点诗意文字，但我更多以为她只是随意记录，并未把写诗当成重要的事情来做，或者说她原本把小说当成诗歌来写了。

然而，筱枫竟准备结集出版诗集了。这有点意外，也让人有了阅读的喜悦。当一个人的主业太突出，她的副业还不是同样精彩，答案常常是：副业仅仅是玩票。然而筱枫这本诗集让我觉得：这就是一位天生的诗人写的。

从标题来看，"木风引"应该是作者名字中的"枫"字拆开所得，这本诗集是诗人生命本体感知和自我重现的意蕴。这也与诗人关照内心，重视情感，善待周遭，坚持信念，追求信仰的个人品质相符合，诗如其人，诗歌便是诗人精神上的"我"。

这些诗作中，很多都有着饱满的情绪，可见筱枫首先是一个重视情感内化的诗人，这也是诗人最基本的素质：有感而发，深情为诗。诗人对待亲情、友情、爱情都是真挚的。诗中不少关于情感的记录和感悟都深刻动人。父亲母亲来自血缘的连接和指认，来自基因的铭刻和念想，通过细节和感悟，描绘出来，非常感人。"还想躲着母亲在刷牙之后，偷吃一口糖 / 抹一脸她的香粉，然后对着镜子说 / 迷人的小妖精，出来出来吧……"，诗人作为女性的细腻和深情，在这样的还原和再现下，得以和亲人在另一种团聚中感受到对方，文字的触摸是彷如眼前的。"轮到我对母亲说，/ 听话，好好吃饭…… / 她是我最亲的旁人，这片土地上"。人生几乎就是一个轮回，老幼的切换，只言片语便说出了两代人的一生。

诗人在《盐是大海的秘密》一诗中写出了遗传关系基础之上的思索，虽然是亲人的角色转换写法，但是借助大海和盐，传达出了生命的深邃感。父亲关于"适当的盐能让身体有力"的话，并未让诗人拥有绝对的力量，而是相反变得软弱，可来到大海，诗人充分感受大海的涌动之力，海水的味道和家常的味道转而授予孩子，而真正的力量是含着盐的此起彼伏，是具体而又形而上的一生。从这个方面想，软弱何尝不是有力，伟大也是平常。

诗人的气质是安静型的，还带有孤独感，这在诗人的关于爱情的书写中有所体现。即便是热烈浓郁如爱的赠与，暖意中也有"寒体质"的隐忍和忧郁。爱，有时候会成为"静默的深渊"。

"思念骄阳，纵容我的宽阔"，这里形成了身体因素、性格因素上的爱的悖论，热烈的爱，有时候就是这样静默的，但无疑是宽阔的，温暖之中，也让人获得寒颤感的。诗人这些书写很具有沉浸式体验感，是入骨的，是命里的。

筱枫的诗歌在情感的抒发上，进阶到了人生哲学的发现，进而抵达思想和信仰的彼岸，这是中年写作能够持续的原因，是超越青春期写作进而获得长久生命力的必然，也是诀窍所在。

这本诗集中有很多静谧氛围中的思索之诗、内省之诗、冥想之诗。这与诗人的性格和环境有很大关系，当然也与修养和修为有很大关系。诗人与喧嚣的世界保持距离，却又用语言建立韧性十足的联系，让诗人的体验得以游离于外而又深藏于内。世界在诗人的身外，又在心内，在疏离又在拉近，这种人与物，自我与他者，肉体与精神等结构关系，形成了诗歌。

在这样的内心生活中，诗人打开了自我精神束缚，超越了情感局限，进入阔大之境，从而真正拥有思想的引领。《星空》里向我们展现了诗人的自我超越：诗人思念的不仅是具体的人，而是茫茫星空，是小小的身体中潜藏的巨大的灵魂，是看清苦难体验五蕴之后的豁达，"这时你的沉寂，常常是一种神奇的安慰／让我们拥有了庆幸和遥远……"，于是星空便如密码一般，打开了自己，治愈了人间。

诗意的生活在很多时候更是琐碎和杂乱，如何将这样的现状赋予诗歌的理解，是诗人的心境来决定的，心境的养成往往又是思想的成熟。这对诗人来说至关重要，有了这一点，诗人便能脱离小诗人局限，进入优秀诗人的行列。诗人已经驾轻就熟地"用上我的广阔情怀迎来无数的零碎"，柴米油盐已然是诗人的列兵，瓜果蔬菜已然是大功告成。"我已认可这素昧平生／一半是风波，一半是沉静"。有了这样的从容，诗人的笔下便会通透，或者说多了骄傲和旷达。"我愿意，被围困在星星的万丈光芒中／像一尾鱼那样沉浸水下／生命此时是重的，不再飘忽／这种状态犹如一首赞歌，激烈且内敛／那些我向往的包裹与镇定／都呈现出来，皓然长啸入脑海"。

诗歌不是哲学，但是好的诗歌蕴含哲学。诗歌不是信仰，但是好的诗歌蓄满信仰。作为诗人的筱枫，在思想层面不断进益，但是并未止步。她的步履一直向前，朝自己的内心里走去，走进自设的修养场域，进行着自我超拔。这在以善为本的诗人那里，能走到高处几乎就是注定的。天下诗歌，唯善不破。诗人在诗歌中时常提纯天道人心，使得文字有了"道"。《一棵树成为寂静的骨骼》中的"一对光影碰撞／没有疼痛／只留下许多暗淡的颜色，／比如苍白……"；《落叶》中的"这些群聚的落黄／直直摊开手掌，放弃一切／也坦白所有……"这样的诗句很多。由此可见，诗人的自我修养已经进入了另一高度。人生是一场修行，而诗歌也是。

我的观后感是，筱枫的诗歌语言是跳跃的，梦呓般的，常常要从内部去感知才能发现诗歌的节奏。这样的艺术特点，是空灵的，是很容易造成诗歌和读者脱节的。然而，这本诗集没有这个现象，筱枫的语言已经越来越从容自如，逻辑性越来越强，诗歌的描绘或叙述都更通透，气息更好。尤其是转承启合等技术性的实操能力也是精进了。我想，这就是功夫。看来筱枫长期坚持在写小说的同时不放弃诗歌写作是成效显著的。当然，也与诗人自身思想境界和人生阅历紧密相关，举重若轻和举轻若重等手法都有所体现，日常生活也能很好入诗，娓娓道来而又不拖沓，部分注重了生活的重要性，而又不复制粘贴生活，是提炼的诗写，是进化的诗写，是渐渐趋于丰厚的诗写。

行文至此我想到筱枫的另一首写雪的诗歌。在《一株雪》里，诗人写道："又入冬，你从北方寄来雪的种子／今年认真去种一株雪吧／让我的南方，能够丰腴起来／吟一曲天空的幻想……"诗人在这里已经不仅是"听雪者"，而是"种雪者"，诗人在种心灵之雪、文字之雪、情感之雪、思想之雪和无垠之雪。

愿种雪者的天空在纸张上大雪养成，万物皆如斯纯洁！